U0097228

中國語言文字研究輯刊

十七編

許學仁 主編

第7冊

山東出土金文合纂（第一冊）

蘇影 著

花木蘭文化事業有限公司

國家圖書館出版品預行編目資料

山東出土金文合纂（第一冊）／蘇影 著 -- 初版 -- 新北市：
花木蘭文化事業有限公司，2019〔民 108〕
目 36+210 面；21×29.7 公分
（中國語言文字研究輯刊 十七編；第 7 冊）
ISBN 978-986-485-927-6（精裝）
1. 金文 2. 山東省
802.08 108011982

ISBN-978-986-485-927-6

中國語言文字研究輯刊
十七編 第 七 冊 ISBN：978-986-485-927-6

山東出土金文合纂（第一冊）

作 者 蘇 影
主 編 許學仁
總 編 輯 杜潔祥
副總編輯 楊嘉樂
編 輯 許郁翎、王 筑、張雅淋 美術編輯 陳逸婷
出 版 花木蘭文化事業有限公司
發 行 人 高小娟
聯絡地址 235 新北市中和區中安街七二號十三樓
電話：02-2923-1455／傳眞：02-2923-1452
網 址 http://www.huamulan.tw 信箱 hml 810518@gmail.com
印 刷 普羅文化出版廣告事業
初 版 2019 年 9 月
全書字數 286993 字
定 價 十七編 18 冊（精裝） 台幣 56,000 元

山東出土金文合纂
（第一冊）

蘇影 著

作者簡介

蘇影，女，1973 年生，黑龍江哈爾濱人。文學博士。常州信息職業技術學院基礎課部副教授。江蘇省高校「青藍工程」中青年學術帶頭人培養對象。主要從事金文研究，目前已在《華夏考古》、《中國文字研究》、《殷都學刊》等學術刊物公開發表學術論文十餘篇，參與編寫《中國漢字文物大系》第七卷、第八卷，主持完成省級課題兩項，目前正主持教育部人文社會科學研究規劃基金項目「商周金文偏旁譜」的研究工作。

提　要

《山東出土金文合纂》內容包括上、下兩編。上編爲《山東出土金文圖錄》，以器類爲綱，對山東出土和山東傳世共計 1176 件銅器銘文進行全面著錄，內容包括器名、出土、時代、著錄、現藏、字數、器影、拓片、釋文等。下編是《山東出土金文編》，整理收錄山東出土銅器銘文共 704 件，單字共計 1166 個。本字編將山東出土銘文以字頭分立，便與其他地域文字進行對比研究。本字編分正編與附錄兩部分，正編收釋銘文或可隸定的銘文，依《說文》部次編排，隸定諸字列於各部字後，附錄收錄不便隸定的銅器銘文。正編收字 969 個，合文 25 個，附錄收字 172 個，銘文考釋依學界研究成果，擇善而從。本字編銅器銘文，按照年代早晚排序。本字編後附有筆劃檢字表，以供檢索。

教育部人文社會科學研究規劃基金項目
「商周金文偏旁譜」（17YJA740045）

江蘇省青藍工程「中青年學術帶頭人」
資助成果

目　次

第一冊

前　言

上編　山東出土金文圖錄

凡　例

第二冊

第三冊

第四冊

第五冊

下編　山東出土金文編

凡　例

第六冊

第七冊

前　言

山東具有悠久的金石學傳統，自宋代以來就有青銅器出土。北宋徽宗宣和年間（公元 1123 年）臨淄齊國故城就發現叔夷鐘、叔夷鎛。有清一代，金石學盛行，乾隆時期在壽光縣紀臺下出土「己侯」鐘。道光十年（1830 年）滕縣出土魯伯愈鬲、簠、盤、匜共 12 器。光緒初年桓臺出土西周晚期鑄國之器——鑄子叔簠。著名收藏家陳介祺、吳式芬、丁子貞父子、丁樹楨等薈集了數量眾多的青銅器，同時青銅器的研究和著錄也興盛一時，很多金石學家對山東出土的青銅器進行了著錄和考訂，其中不乏對山東出土青銅器及金文著錄的專書，如清代阮元、畢沅所著《山左金石志》等。

二十世紀以來，山東省出土銅器日益增多，出版的著錄書亦相當豐富。羅振玉的《三代吉金文存》收錄有齊鮑氏鐘、杞伯每亡壺、洹子孟姜壺、魯伯愈父盤、齊侯盤、郳大司馬戈等山東出土銅器。專門輯錄山東金文的著錄書從曾毅公開始。1940 年，曾毅公有感於山東在商周時期有舊封附庸之國，如齊、魯、郳等，諸國皆有不少青銅器之鑄造於保存，是以輯刊《山東金文集存》。2007 年 6 月由山東博物館編輯的山東地區金文著作——《山東金文集成》由齊魯書社出版，該書收錄山東地區出土及傳世的商至漢代的青銅器拓本及摹本數量較多，但是書中在釋文、器物定名、排列順序以及說明文字等方面也存在不少問題。2011 年 10 月，陳青榮、趙縕編著的《海岱古族古國吉金文集》由齊魯書社出版，亦收錄了數量較多的銅器銘文拓片。

山東地區出土的商周至戰國期間金文數量多，形體豐富，橫亙歷史長，是各種載體文字的主體，研究它有助於揭示商周至戰國末期山東地區文字的眞貌。據吳鎭烽編纂的《商周金文資料通鑒》（版本 1.2，2010 年 1 月版）統計，自宋代至 2009 年底，山東省出土有銘銅器共計 627 件〔註 1〕，銘文總字量達到 6585 個。據華東師範大學中國文字研究與應用中心金文資料庫統計，有拓片 729 張，總字量達 7387 個。傳世的沒有明確出土地但一般認爲是山東地區的，據《山東金文集成》（收錄銘文拓片 1949 年～2003 年 6 月）的著錄統計，爲 531 件，總字量達 7166 個。這樣山東地區出土或傳世的金文總字量約在 14000 字左右。目前所見山東地區出土的文字材料有璽印、貨幣、陶文等，其字量都無法和金文相比，金文無疑是商周至戰國時期山東地區的主流文字，研究分域文字的發展狀況必須先從金文入手，研究它有助於揭示山東地區文字的眞實面貌。

山東地區近年陸續出土或公佈了一批金文資料，這些資料極有價值，亦需要系統地整理和研究。近年來山東地區不斷有銅器出土，不斷有新材料公佈。如 2002 年山東棗莊山亭區東江村小邾國貴族墓地出土 24 件有銘銅器，古文字學、考古學價值極高。再如 2012 年 1 月在山東沂水縣紀王崮頂春秋古墓出土兩件有銘銅器，發現了一些較特殊的字形，亦有極大的古文字學、考古學價值。又如 2008 年至 2009 年山東省高青縣花溝鎭陳莊村西周遺址出土有銘文 69 字的引簋、以及有銘的豐卣、豐簋、豐鼎等。

目前還沒有一部專門收錄山東金文字形的字編，而字編是進一步研究必不可少的工具，對金文釋讀與研究意義重大。在佔有新材料、梳理舊材料的同時，梳理山東金文形體，編一部充分體現當前金文研究新成果的字編，這對山東金文本身的進一步研究，以及其它載體文字的研究，乃至古文字研究，都具有重大的學術價值和意義。

《山東出土金文合纂》是江蘇省青藍工程中青年學術帶頭人資助項目，是教育部人文社科規劃項目「商周金文偏旁譜」階段性成果之一。該書包括上、下兩編。上編爲山東出土金文圖錄與釋文，以保存商代至戰國末期出土

〔註 1〕河南省出土 2025 件，陝西省出土 1387 件，山東位居第三。

上　編

山東出土金文圖錄

凡　例

一、本書收錄山東地區商代至戰國末期銅器銘文拓片共計一千一百七十六件，其中有出土地的七百零四件，傳世的四百七十二件。

二、本書每器詳列銅器名稱及銘文考釋，所錄器形之出土、時代、著錄、現藏逐一標明，以備查考。

於山東、現藏國內外各大博物館和其他省份出土山東古國青銅器以及有關山東青銅器的文獻著錄的金文資料爲目的，以器類爲綱，對山東出土和傳世共計 1176 件銅器銘文進行全面收錄，內容包括器名、出土時間地點、時代、著錄、現藏、銘文字數、器影、拓片和釋文等。下編是《山東出土金文編》，收釋山東出土金文字形，按照《說文》部次編排。本書正文參考書目採用簡稱，詳細名稱附錄於書後，以供查找。

本書是在博士論文《山東出土金文整理與研究》基礎上補充修改而成。博士畢業以來，時間碎片化，本人一向疏懶做不到焚膏繼晷，所以論文修改時斷時續。本書在編寫和修改過程中得到董蓮池教授的悉心指導和持續不斷的鼓勵，在此表示衷心的感謝。同時還要感謝臺灣花木蘭文化出版社，該社的大力支持和編輯的辛苦付出，使得本書得以付梓出版。

由於本人水平有限，書中難免存在不足之處，敬請讀者批評指正。

蘇　影

2019 年 3 月 24 日

一、鼎

1. 己竝鼎

【出土】1983 年 12 月山東壽光縣古城公社古城村商代晚期墓葬。

【時代】商代晚期。

【著錄】文物 1985 年 3 期 2 頁圖 3.1，近出 207，新收 1117，山東成 119.2，圖像集成 441。

【現藏】壽光縣博物館。

【字數】2。

【器影】

【拓片】

【釋文】己竝。

2. 己竝鼎

【出土】1983 年 12 月山東壽光縣古城公社古城村商代晚期墓葬。

【時代】商代晚期。

【著錄】文物 1985 年 3 期 2 頁圖 3.2，近出 208，新收 1118，山東成 119.3，圖像集成 442。

【現藏】壽光縣博物館。

【字數】2。

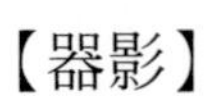
【器影】

【拓片】

【釋文】己竝。

3. 己竝鼎

【出土】1983 年 12 月山東壽光縣古城公社古城村商代晚期墓葬。

【時代】商代晚期。

【著錄】文物 1985 年 3 期 2 頁圖 3.3，近出 209，新收 1119，山東成 119.1，圖像集成 443。

【現藏】壽光縣博物館。

【字數】2。

【器影】

【拓片】

【釋文】己[illegible]。

4. 融方鼎

【出土】1986 年山東青州市蘇埠屯商代墓（M8.13）。

【時代】商代晚期。

【著錄】海岱考古第 1 輯 264 頁圖 10.11，近出 193，新收 1059，山東成 118.1，通鑒 2202。

【字數】1。

【器影】

【拓片】

【釋文】融。

5. 冊融方鼎

【出土】1986 年山東青州市蘇埠屯商代墓（M8.15）。

【時代】商代晚期。

【著錄】海岱考古第 1 輯 264 頁圖 10.13，近出 222，新收 1060，山東成 118.3，通鑒 2207。

【字數】2。

【器影】

【拓片】

【釋文】冊融。

6. 冊融鼎

【出土】1986 年山東青州市蘇埠屯商代墓（M8.17）。

【時代】商代晚期。

【著錄】海岱考古第 1 輯 264 頁圖 10.12，近出 221，新收 1061，山東成 118.2，通鑒 2208。

【字數】2。

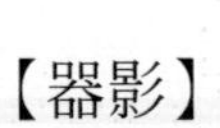

【器影】

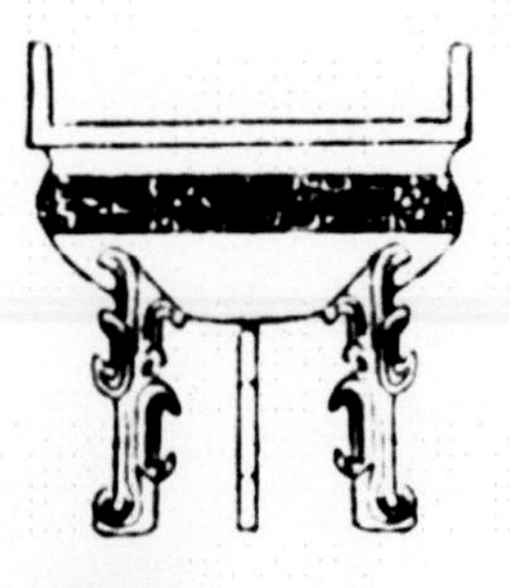

【拓片】

【釋文】冊融。

7. 龔父戊鼎

【出土】山東桓臺史家遺址。

【時代】商代晚期。

【著錄】海岱 49.1。

【收藏】淄博市博物館。

【字數】3。

【器影】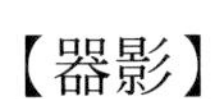

【拓片】

【釋文】龔父戊。

8. [illegible]鼎

【出土】1972 年山東濟南市天橋區劉家莊商代墓葬。

【時代】商代晚期。

【著錄】集成 1018，山東成 112.1，通鑒 35。

【字數】1。

【拓片】

【釋文】[illegible]（役）。

9. 田父辛方鼎

【出土】民國七年（1918 年）山東長清縣崮山驛。

【時代】商代晚期。

【著錄】三代 2.27.7，貞松 2.15.1，董盦 1，彙編 1702，集成 1642，總集 418，綜覽.方鼎 24，山東存下 2.1，國史金 1938.2，山東成 112.2，通鑒 659。

【現藏】日本大阪齋藤悅藏氏。

【字數】3。

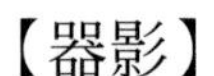【器影】

【拓片】

【釋文】田父辛。

10. 舉祖辛禹方鼎

【出土】1957 年山東長清縣王玉莊和小屯村之間的興復河北岸。

【時代】商代晚期。

【著錄】文物 1964 年 4 期 46 頁圖 11，集成 2111，總集 816，山東成 117.2，通鑒 1128。

【現藏】山東省博物館。

【字數】6。

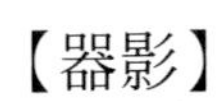
【器影】

【拓片】

【釋文】䢅且（祖）辛禹□。

11. 舉祖辛禹方鼎

【出土】1957 年山東長清縣王玉莊和小屯村之間的興復河北岸。

【時代】商代晚期。

【著錄】文物 1964 年 4 期 46 頁圖 12，集成 2112，總集 815，山東成 117.1，通鑒 1129，海岱 71.1。

【現藏】山東省博物館。

【字數】6。

【器影】

【拓片】

【釋文】䢅且（祖）辛禹□。

12. □鼎

【出土】山東長清縣興復河（27 號）。

【時代】商代晚期。

【著錄】文物 1964 年 4 期 41 頁，山東選 65，綜覽.鼎 113，集成 1140，總集 132，山東成 111.1，通鑒 157，海岱 73.1。

【現藏】山東省博物館。

【字數】1。

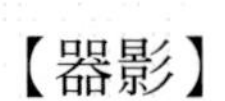

【拓片】

【釋文】□。

13. 戲蔂鼎

【出土】傳 1981 年山東費縣出土，1981 年北京市文物工作隊從廢銅中揀選。

【時代】商代晚期。

【著錄】文物 1982 年 9 期 39 頁圖 10，集成 1380，山東成 111.4，通鑒 397，海岱 139.1。

【字數】2。

【現藏】北京市文物研究所。

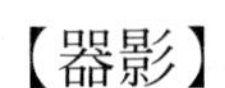
【器影】 

【拓片】 

【釋文】 戲䇂。

14. 戲䇂鼎殘片

【出土】 傳 1981 年山東費縣出土，1981 年北京市文物工作隊從廢銅中揀選。

【時代】 商代晚期。

【著錄】 文物 1982 年 9 期 39 頁圖 40，新收 1179，通鑒 2016。

【字數】 2。

【器影】 

【拓片】 

【釋文】 戲䇂。

15. 舉𧇉圓鼎（舉莒圓鼎）

【出土】山東費縣。

【時代】商。

【著錄】山東成 111，莒縣文物志 248 頁。

【收藏】北京市文物研究所。

【字數】2。

【拓片】

【釋文】𦥑𧇉。

16. 魯侯鼎

【出土】1982 年 10 月山東省泰安市城前村。

【時代】商代晚期或西周早期。

【著錄】近出 324，新收 1067，文物 1986 年 4 期 13 頁圖 1.3，海岱 131.1。

【收藏】泰安市博物館。

【字數】15。

【器影】

【拓片】

【釋文】魯矦（侯）作敀（姬）翏朕（媵）鼑（鼎），甘（其）萬年賁（眉）耆（壽），永寶用。

17. 史鼎

【出土】1994 年山東省滕州市官橋鎮前掌大村商周墓地（M11.85）。

【時代】商代晚期。

【著錄】滕州 216 頁圖 152.3，通鑒 2308。

【現藏】中國社會科學院考古研究所。

【字數】1。

【器影】

【拓片】

【釋文】史。

18. 史鼎

【出土】1994 年山東省滕州市官橋鎮前掌大村商周墓地（M11.88）。

【時代】商代晚期。

【著錄】滕州 216 頁圖 151.3，圖像集成 25。

【現藏】中國社會科學院考古研究所。

【字數】1。

【器影】

【拓片】

【釋文】史。

19. 史鼎

【出土】1994 年山東省滕州市官橋鎮前掌大村商周墓地（M11.93）。

【時代】商代晚期。

【著錄】滕州 213 頁圖 149.2，圖像集成 22。

【現藏】中國社會科學院考古研究所。

【字數】1。

【器影】

【拓片】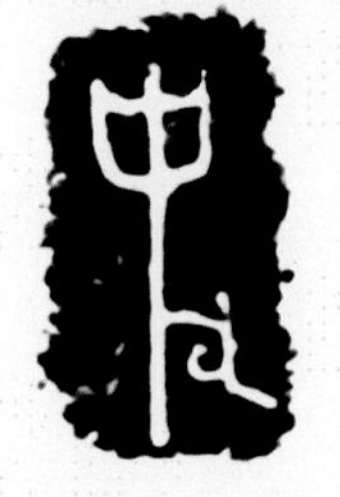

【釋文】史。

20. 史鼎

【出土】1994 年山東省滕州市官橋鎮前掌大村商周墓地（M11.94）。

【時代】商代晚期。

【著錄】滕州 211 頁圖 147，圖像集成 21。

【現藏】中國社會科學院考古研究所。

【字數】1。

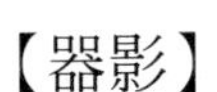

【器影】

【拓片】

【釋文】史。

21. 史鼎

【出土】1995 年山東省滕州市官橋鎮前掌大村商周墓地（M38.48）。

【時代】商代晚期。

【著錄】滕州 214 頁圖 150.2，圖像集成 23。

【現藏】中國社會科學院考古研究所。

【字數】1。

【器影】

【拓片】 

【釋文】史。

22. 史鼎

【出土】1994 年山東省滕州市官橋鎮前掌大村商周墓地（M11.80）。

【時代】西周早期。

【著錄】滕州 218 頁圖 152.2，圖像集成 26。

【現藏】中國社會科學院考古研究所。

【字數】1。

【器影】 

【拓片】 

【釋文】史。

23. 史方鼎

【出土】1994 年山東省滕州市官橋鎮前掌大村商周墓地（M11.92）。

【時代】商代晚期。

【著錄】滕州 210 頁圖 146.1，圖像集成 20。

【現藏】中國社會科學院考古研究所。

【字數】1。

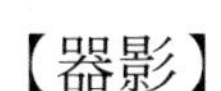
【器影】

【拓片】

【釋文】史。

24. 史方鼎

【出土】1994 年山東省滕州市官橋鎮前掌大村商周墓地（M11.82）。

【時代】商代晚期。

【著錄】滕州 210 頁圖 146.2，圖像集成 18。

【現藏】中國社會科學院考古研究所。

【字數】1。

【器影】

【拓片】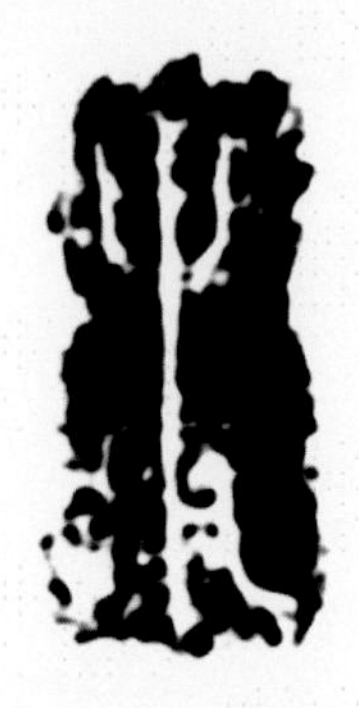

【釋文】史。

25. 史方鼎

【出土】1994 年山東省滕州市官橋鎮前掌大村商周墓地（M120.25）。

【時代】商代晚期。

【著錄】滕州 210 頁圖 146.3，圖像集成 19。

【現藏】中國社會科學院考古研究所。

【字數】1。

【器影】

【拓片】

【釋文】史。

26. 戈鼎

【出土】1994 年山東省滕州市官橋鎮前掌大村商周墓地（M21.5）。

【時代】西周早期早段。

【著錄】滕州 214 頁圖 150.3，圖像集成 62。

【現藏】中國社會科學院考古研究所。

【字數】1。

【器影】

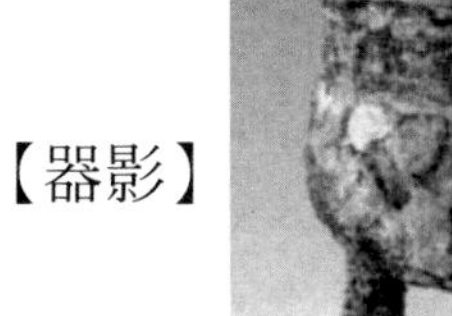

【拓片】

【釋文】戈。

27. 憲鼎（害鼎）

【出土】山東壽張縣梁山下。

【時代】西周早期。

【著錄】攈古 2 之 3.50.1，綴遺 4.9，周金 2 補 4，小校 3.4.1，斷代 651 頁 70，考古學報 1956 年 1 期 88 頁圖 9，錄遺 94，集成 2749，總集 1249，綜覽.鼎 209，銘文選 76，考古與文物 1980 年 4 期 27 頁圖 2.3，山東存下 6.1，山東成 128（175 重出摹本），通鑒 1766。

【現藏】北京清華大學圖書館。

【字數】39 字（其中重文 2）。

【器影】

【拓片】

【釋文】隹（唯）九月既生霸辛酉，才（在）匽，医（侯）易（賜）害貝金，⿰日丮（揚）医（侯）休，用乍（作）盬（召）白（伯）父辛寶隮（尊）彝，害萬年子子孫孫寶，光用大（太）俘（保）。

28. 滕侯方鼎

【出土】1982 年 3 月山東滕縣姜屯公社莊里西村西周墓。

【時代】西周早期。

【著錄】考古 1984 年 4 期 335 頁圖 4，集成 2154，山東成 127.1-2，通鑒 1171，海岱 153.1。

【現藏】藤縣博物館。

【字數】6（蓋器同銘）。

【器影】

【拓片】（蓋）（器）

【釋文】朕（滕）灰（侯）乍（作）寶隮（尊）彝。

29. 斿鼎

【出土】1979 年 3 月山東濟陽縣姜集公社劉台子 1 號墓。

【時代】西周早期。

【著錄】考古 1989 年 6 期 563 頁圖 1.2，山東成 140，通鑒 2362。

【字數】8。

【拓片】

【釋文】旂乍（作）氒（厥）文考寶隮（尊）彝。

30. 斿鼎

【出土】1967 年 3 月山東濟陽縣姜集公社劉台子 1 號墓。

【時代】西周早期。

【著錄】文物 1981 年 9 期 18 頁圖 1，集成 2347，總集 917，山東成 141，通鑒 1364。

【現藏】山東濟陽縣圖書館。

【字數】8。

【器影】

【拓片】

【釋文】旅乍（作）寽文考竈（寶）隮（尊）彝。

31. 季作寶彝鼎

【出土】1979 年 3 月山東濟陽縣姜集公社劉台子 2 號墓。

【時代】西周早期。

【著錄】文物 1981 年 9 期 20 頁圖 4，集成 1931，總集 661，山東成 127.4，通鑒 948，海岱 64.11。

【現藏】山東濟陽縣圖書館。

【字數】4。

【器影】

【拓片】

【釋文】季乍（作）寶彝。

32. 獸鼎

【出土】山東滕縣東戈鄉辛緒村。

【時代】西周早期。

【著錄】集成 1111。

【現藏】滕縣博物館。

【字數】1

【拓片】

【釋文】。

33. 遘方鼎

【出土】山東壽張縣梁山下。

【時代】西周早期。

【著錄】三代 3.6.4，西甲 1.10，貞補上 7，山東存下 5.2，集成 2157，總集 795，山東成 130，通鑒 1174，海岱 100.2。

【字數】6。

【器影】

【拓片】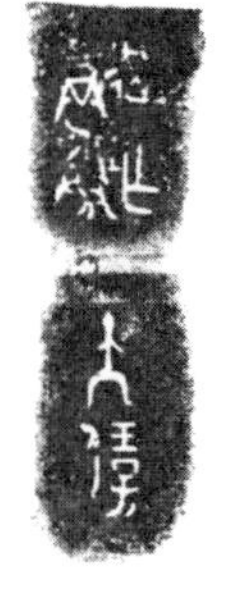

【釋文】襨乍（作）尊（尊）彝。大（太）（保）。

34. 遘方鼎

【出土】山東壽張縣梁山下。

【時代】西周早期。

【著錄】三代 3.6.5，西甲 1.12，積古 5.30，攈古 1 之 3.43.4，奇觚 1.14，陶續 1.16，小校 2.42.6，山東存下 5.3，集成 2158，總集 795，山東成 131，通鑒 1175。

【字數】6。

【器影】

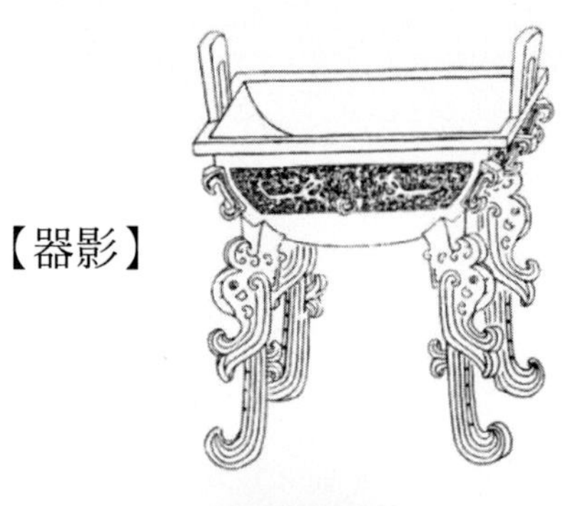

【拓片】

【釋文】㣫乍（作）尊（尊）彝。大（太）俘（保）。

35. 遘方鼎

【出土】山東壽張縣梁山下。

【時代】西周早期。

【著錄】三代 3.6.6，山東存下 5.4，綜覽.扁足鼎 34，集成 2159，總集 796，山東成 132，通鑒 1176。

【現藏】瑞典斯德哥爾摩遠東古物館。

【字數】6。

【器影】

【拓片】

【釋文】禘乍（作）尊（尊）彝。大（太）俘（保）。

36. 魚父癸鼎

【出土】《山東存》云「鼎出諸城縣巴山村濰河東岸」。

【時代】西周早期。

【著錄】三代 2.48.6，殷存上 5.9，小校 2.33.3，山東存下 14.4，國史金 2003.2，通鑒 2239，海岱 35.2。

【字數】5。

【拓片】

【釋文】魚父癸[illegible]□。

37. 旅鼎

【出土】光緒二十二年（1896 年）丙申山東黃縣萊陰出土（山東存）。

【時代】西周早期。

【著錄】三代 4.16.1，攈古 2 之 3.80.1，綴遺 4.2，大系 12，山東存下 11.2，集成 2728，總集 1234，斷代 577 頁 7，銘文選 74，山東成 136，通鑒 1745。

【現藏】中國國家博物館。

【字數】33（合文 1）。

【器影】

【拓片】

【釋文】隹（唯）公大（太）俘（保）來伐反尸（夷）年，才（在）十又一月庚申，公才（在）盩自，公易（賜）旅貝甬（十朋），旅用乍（作）父隮（尊）彝。[illegible]。

38. 孔作父癸鼎

【出土】山東（山東存）。

【時代】西周早期。

【著錄】奇觚 1.10，集成 2021，山東存下 17，簠齋 1 鼎 9，三代 2.48.5，小校 2.33.1，愙齋 6.14，殷存上 6.4，綴遺 3.12，總集 687，海岱 182.46。

【字數】5。

【拓片】

【釋文】季乍父癸簞（旅）。

39. 豐鼎

【出土】2008～2009 山東省高青縣花溝鎮陳莊村西周遺址。

【時代】西周早期。

【著錄】考古 2010 年 08 期。

【字數】11。

【拓片】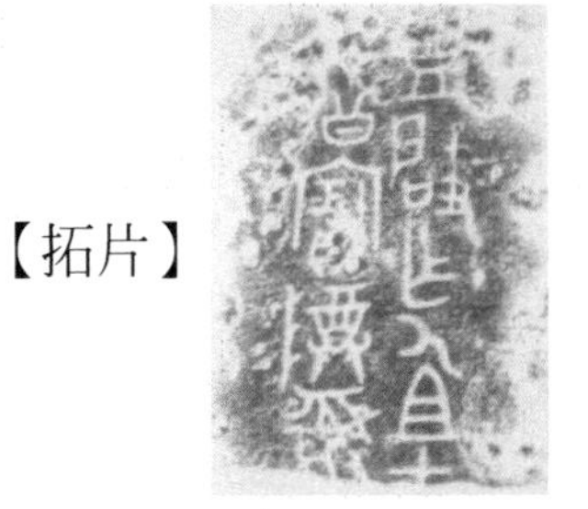

【釋文】豐啟（肇）乍（作）乒且（祖）甲齊公寶隮（尊）彝。

40. 𪓐鼎

【出土】1989 年山東滕州莊里西西周墓（M7：1）。

【時代】西周早期。

【著錄】國博館刊 2012 年第 1 期 112 頁圖三三.1。

【字數】35。

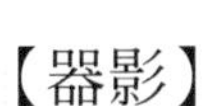【器影】

【拓片】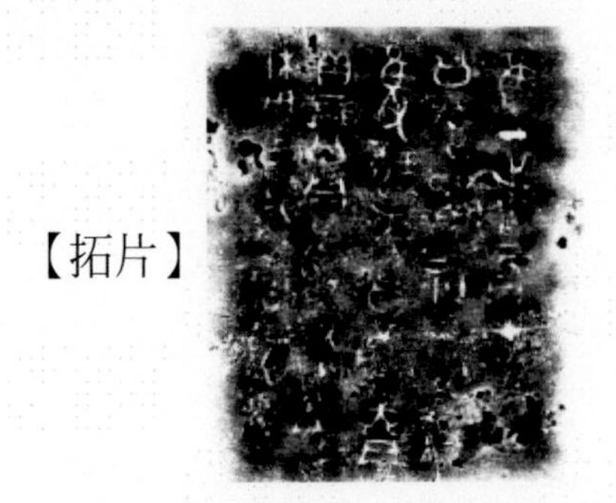

【釋文】隹（唯）正月，辰才（在）壬申，公令獸（狩）□□，隻（獲）瓏豖。公賚（賞）𩁹貝二朋，公囗囗，敢䚄（揚）公休，用乍（作）父癸寶隮（尊）彝。

41. 木父乙鼎

【出土】1989 年山東滕州莊里西西周墓（M6：1）。

【時代】西周早期。

【著錄】國博館刊 2012 年第 1 期 112 頁圖三四.5。

【字數】3。

【器影】

【拓片】

【釋文】木父乙。

42. 王姜鼎

【出土】1985 年 5 月山東省濟陽縣姜集鄉劉台子村墓葬（M6:23）。

【時代】西周早期。

【著錄】文物 1996 年 12 期 11 頁圖 16.1，近出 308，新收 1157，新出 360，通鑒 2036，海岱 64.5。

【現藏】山東省文物考古研究所。

【字數】8。

【器影】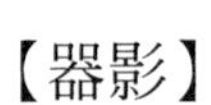

【拓片】

【釋文】王姜乍（作）龏敀（姒）寶隮（尊）彝。

43. 叔父癸鼎

【出土】1984 年 10 月山東新泰市府前街西周墓葬。

【時代】西周早期。

【著錄】文物 1992 年 3 期 44 頁圖 8.1，近出 238，新收 1105，山東成 122，通鑒 2053

【字數】3。

【器影】

【拓片】 

【釋文】弔（叔）父癸。

44. 王季鼎

【出土】1982年冬山東濟陽縣姜集公社劉台子3號西周墓。

【時代】西周早期。

【著錄】文物1985年12期18頁圖8.1，集成2031，近出287，山東成142。

【現藏】山東濟陽縣圖書館。

【字數】5。

【器影】 

【拓片】 

【釋文】王季乍（作）鼎彝。

45. 旃鼎

【出土】1967年3月山東濟陽縣姜集公社劉台子1號墓。

【時代】西周早期。

【著錄】文物 1981 年 9 期 18 頁圖 1，集成 2347，總集 917，山東成 141，通鑒 1364。

【現藏】山東濟陽縣圖書館。

【字數】8。

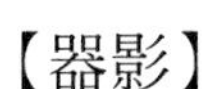
【器影】

【拓片】

【釋文】旅乍（作）氒文考寳（寶）隮（尊）彝。

46. 旓鼎

【出土】1979 年 3 月山東濟陽縣姜集公社劉台子 1 號墓。

【時代】西周早期。

【著錄】考古 1989 年 6 期 563 頁圖 1.2，山東成 140，通鑒 2362。

【字數】8。

【拓片】

【釋文】旅乍（作）氒（厥）文考寶隮（尊）彝。

47. 向監鼎

【出土】1964 年 10 月山東龍口市（原黃縣）蘆頭鎮韓家村。

【時代】西周早期。

【著錄】文物 1991 年 5 期 85 頁圖 4，古研 19 輯（1992 年）78 頁圖 2.1，近出 297，新收 1149，山東成 127.3，通鑒 2030。

【字數】6。

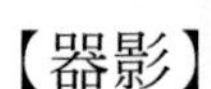【器影】 

【拓片】 

【釋文】向監乍（作）寶隮（尊）彝。

48. 作执從彝方鼎

【出土】民國十九年（1930 年）九月山東益都縣蘇埠屯。

【時代】西周早期。

【著錄】山東存下 14.1，通鑒 2240，海岱 30.8。

【字數】4。

【拓片】 

【釋文】乍（作）䢅（封）從彝。

49. 作䢅從彝鼎

【出土】1931 年山東益都縣蘇埠屯西周墓葬。

【時代】西周早期。

【著錄】中國考古學報第二冊（民國 36 年）圖版 2.4，集成 1981，山東成 120.2，通鑒 998。

【現藏】山東省博物館。

【字數】4。

【器影】

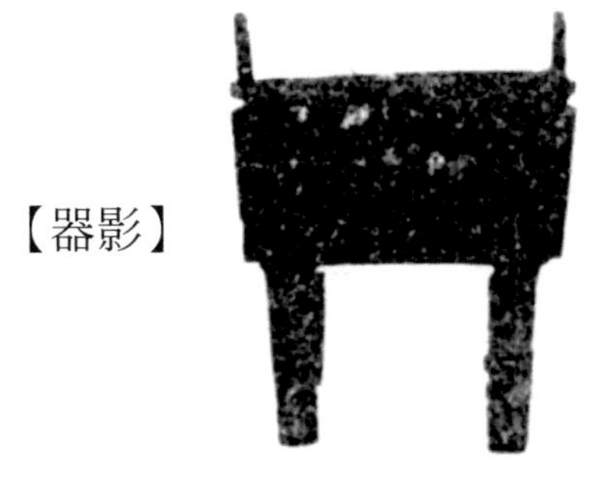

【拓片】

【釋文】乍（作）䢅（封）從彝。

50. 夆方鼎

【出土】1985 年 5 月山東濟陽縣姜集鄉劉台子西周墓葬（M6.19）。

【時代】西周早期。

【著錄】文物 1996 年 12 期 11 頁圖 16.2，近出 275，新收 1161，山東成 163，通鑒 2033。

【字數】4。

【器影】

【拓片】

【釋文】夆寶（寶）隮（尊）鼎。

51. 夆方鼎

【出土】1985 年 5 月山東濟陽縣姜集鄉劉台子西周墓葬（M6.22）。

【時代】西周早期。

【著錄】文物 1996 年 12 期 11 頁圖 16.4，近出 191，新收 1162，山東成 164，通鑒 2035。

【字數】1。

【器影】

【拓片】

【釋文】夆。

52. ⿱敖盧鼎

【出土】《山東金文集存》云：鼎出山東。

【時代】西周早或中期。

【著錄】三代 2.50.3-4，愙齋 6.9.3（蓋），愙齋 6.9.2（器），攈古 1 之 3.4.1，簠齋 1 鼎 7.1-2，奇觚 1.10.1-2，周金 2.64.4-5，小校 2.35.3-4，集成 2067.1，集成 2067.2，總集 706，銘文選 300，山東存下 16.5-6，鬱華 47.3-4，山東成 143，通鑒 1084。

【現藏】上海博物館。

【字數】5（蓋器同銘）。

【拓片】 

【釋文】⿱虍圭（⿱敖盧）乍（作）寶⿱齊鼎鼎。

53. 圓伯鼎

【出土】山東黃縣萊陰。

【時代】西周中期。

【著錄】三代 2.49.2，貞松 2.27.3，周金 2 補 8.5，希古 2.5.1，集成 2044，總集 693，國史金 2080，山東成 144.1，通鑒 1061。

【字數】5。

【拓片】 

【釋文】□白（伯）乍（作）旅鼎（鼎）。

54. 甚諆鼎

【出土】山東濰縣東鄉。

【時代】西周中期。

【著錄】三代 3.20.1，攈古 2 之 1.48.3，愙齋 5.21.1，綴遺 4.9.2，奇觚 1.19.2，殷存上 7.3，簠齋 1 鼎 8，小校 2.53.1，集成 2410，總集 950，鬱華 54.3，山東成 177，通鑒 1427。

【字數】9。

【拓片】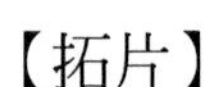 

【釋文】甚諆肇乍（作）父丁隮（尊）彝。羊。

55. 伯匋鼎

【出土】山東泰安。

【時代】西周中期。

【著錄】錄遺 76，集成 2414，總集 963，山東成 165，通鑒 1431。

【字數】10。

【拓片】

【釋文】白（伯）匋乍（作）隮（尊）鼎，萬年永寶用。

56. 𣪘鼎

【出土】《山東存》云：光緒二十二年（1896 年）同遇甗出土於山東黃縣之萊陰（即今龍口市蘭高鎮歸城曹家村）。

【時代】西周中期。

【著錄】三代 4.13.3，愙齋 6.11.2，周金 2.31.2，夢續 6，小校 3.6.2，山東存下 12.4，大系 31，集成 2721，總集 1222，銘文選 184，綜覽.鼎 127，國史金 2241，山東成 145，通鑒 1738。

【現藏】歷史語言研究所。

【字數】31（合文 1）。

【器影】

【拓片】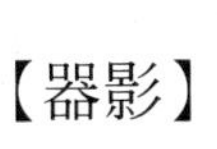

【釋文】隹（唯）十又**月**（二月），師雝（雍）父省衜（道）至于䝬，𣪘從，其父蔑𣪘曆，易（賜）金，對羿（揚）其父休，用乍（作）寶鼎。

57. 䤱鼎

【出土】1975 年山東滕縣金莊西周墓葬。

【時代】西周早期。

【著錄】考古 1980 年 1 期 38 頁圖 7.2，集成 2037，山東成 129，通鑒 1054。

【現藏】山東滕縣博物館。

【字數】5。

【拓片】

【釋文】𠤳乍（作）父庚彝。

58. 遣叔鼎（遣弔乍旅鼎）

【出土】得於山東任城（金索）。

【時代】西周中期。

【著錄】三代 3.4.4，金索 1.30，貞松 2.33.2，善齋 2.50，小校 2.41.2，集成 2212，總集 776，山東成 179.2，通鑒 1229。

【現藏】北京故宮博物院。

【字數】6。

【器影】

【拓片】

【釋文】𧽊（遣）弔（叔）乍（作）旅鼎用。

59. 伯鼎

【出土】1962 年山東招遠縣蠶莊公社曲城村。

【時代】西周中期。

【著錄】故宮文物 1993 年總 129 期 11 頁圖 9，古研 19 輯 78 頁圖 2.6，通鑒 2146。

【字數】3。

【器影】

【拓片】

【釋文】白（伯）乍（作）鼎（鼎）。

60. 㠱侯弟鼎

【出土】1969 年煙台市上夼村。

【時代】西周晚期。

【著錄】總集 1151，文物 1972 年 5 期 6 頁圖 12，考古 1983 年 4 期 290 頁，銘文選 501，辭典 610，集成 2638。

【現藏】煙台地區文物管理委員會。

【字數】20（重文 2）。

【拓片】

【釋文】曩（紀）医（侯）易（賜）弟𢦏嗣（司）戜，弟𢦏乍（作）寶鼎，甘（其）萬年子子孫孫永寶用。

61. 己華父鼎

【出土】1969年11月山東煙台市芝罘區上夼村西周墓。

【時代】西周晚期。

【著錄】文物1972年5期9頁圖16-17，考古1983年4期290頁圖3.2，集成2418，總集982、994，銘文選1.500，古研19輯81頁圖5.2，故宮文物1993年總129期9頁圖4，山東成159，通鑒1435。

【現藏】煙台地區文物管理委員會。

【字數】12字（重文2）。

【器影】

【拓片】

【釋文】己（紀）華父乍（作）寶鼎，子子孫孫永用。

62. 魯仲齊鼎

【出土】1977 年山東曲阜縣魯國故城望父台春秋墓（M48.23）。

【時代】春秋早期。

【著錄】魯城圖 93.1 圖版 75.2，集成 2639，銘文選 341，山東成 191，通鑒 1656。

【現藏】山東曲阜縣文物管理委員會。

【字數】22 字（重文 2）。

【器影】

【拓片】

【釋文】魯中（仲）斎（齊）肈（肇）乍（作）皇考鬻鼒（鼎），甘（其）萬年貴（眉）耋（壽），子子孫孫永寶用亯（享）。

63. 土鼎

【出土】山東桓臺史家遺址。

【時代】西周。

【著錄】桓臺文物 32 頁，海岱 37.2。

【字數】2。

【器影】

【拓片】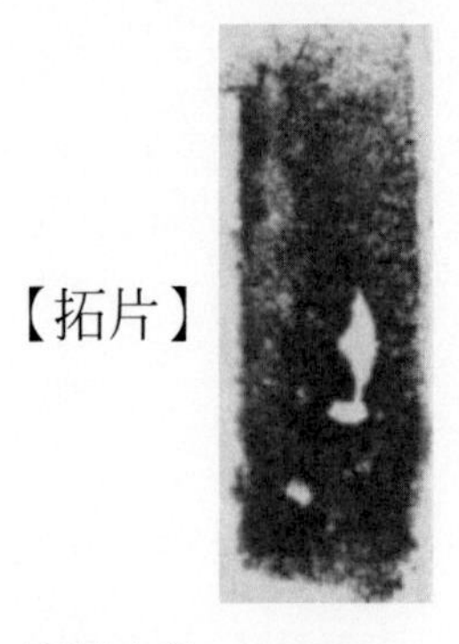

【釋文】土[方]。

64. 邿造鼎

【出土】清光緒間出土於山東東平縣。

【時代】春秋早期。

【著錄】三代 3.24.5，周金 2.56.3，貞松 2.45.2，希古 2.12.3，小校 2.56.4，大系 223，山東存邿 6.1，集成 2422，總集 1000，銘文選 839，國史金 2148，山東成 195，通鑒 1439。

【字數】12 字（重文 2）。

【拓片】

【釋文】邿艁（造）遣乍（作）寶鼎，子子孫孫用亯（享）。

65. 鑄子叔黑叵鼎

【出土】清光緒初年山東桓臺縣（山東存），光緒初青州出土，同出者有數簠，不知尚有他器否（貞松）。

【時代】春秋早期。

【著錄】三代 3.40.1，周金 2.48.2，貞松 3.10.1，希古 2.17.3，小校 2.73.1，山東存鑄 2.2，集成 2587，總集 1087，國史金 2183，山東成 190，通鑒 1604。

【字數】17。

【拓片】

【釋文】鑄（鑄）子弔（叔）黑臣肈（肇）乍（作）寶鼑（鼎），甘（其）萬年�（眉）耇（壽）永寶用。

66. 鄩甘𩫁鼎

【出土】八十年末山東章丘縣明水鎮繡水村（ZH.01）。

【時代】春秋早期。

【著錄】文物 1989 年 6 期 68 頁圖 7，近出 336，新收 1091，通鑒 2051。

【字數】20（重文 2）。

【器影】

【拓片】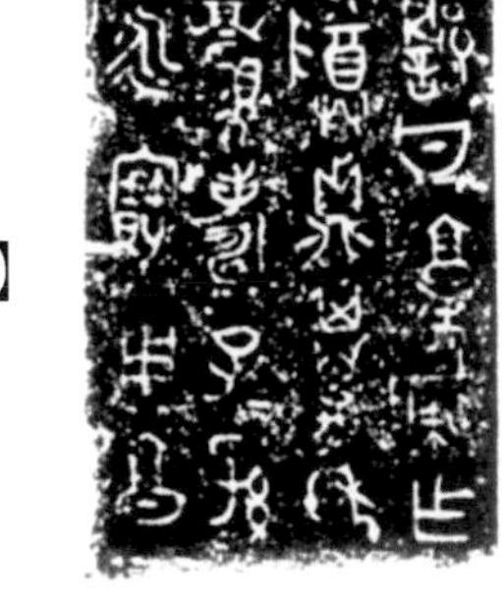

【釋文】鄩甘𩫁肈乍（作）䵼（尊）鼑（鼎），甘（其）萬年賫（眉）耇（壽）。子子孫孫永寶用亯（享）。

67. 倪慶鼎

【出土】2002 年 6 月山東棗莊市山亭區東江古墓群（M3）。

【時代】春秋早期。

【著錄】中國歷史文物 2003 年 5 期 65 頁，新收 1095，遺珍 68-69，通鑒 1903。

【字數】11。

【器影】

【拓片】

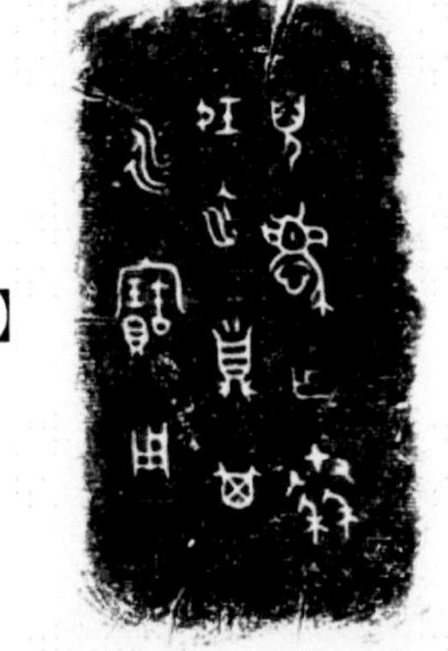

【釋文】郳慶乍（作）秦妊匜鼎，甘（其）永寶用。

68. 上曾大子鼎（般殷鼎）

【出土】1981 年山東臨朐縣嵩山泉頭村墓葬（M 乙.1）。

【時代】春秋早期。

【著錄】文物 1983 年 12 期 4 頁圖 13，集成 2750，辭典 609，山東成 185，通鑒 1767。

【現藏】臨朐縣文化館。

【字數】38（重文 1）。

【器影】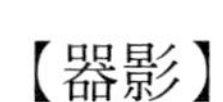 

【拓片】

【釋文】上曾大子般殷乃睪（擇）吉金，自乍（作）䵼彝。心聖若慵（慮），哀哀利錐（錐）。用孝用亯（享），既龢無測。父母嘉寺（持），多用旨食。

69. 滕侯鼎

【出土】1978 年山東滕州薛國故城 2 號墓。

【時代】春秋早期。

【著錄】考古學報 1991 年 4 期 467 頁圖 12，山東成 201。

【收藏】濟寧市博物館。

【字數】24（重文 1）。

【拓片】

【釋文】不清。

70. 佫侯慶鼎

【出土】1978 年 12 月山東滕州市城南官橋鎮尤樓村春秋墓葬（M2.104）。

【時代】春秋早期。

【著錄】考古學報 1991 年 4 期 467 頁圖 12，山東成 201（蓋），通鑒 2096。

【字數】29（蓋面內壁同銘）。

【器影】

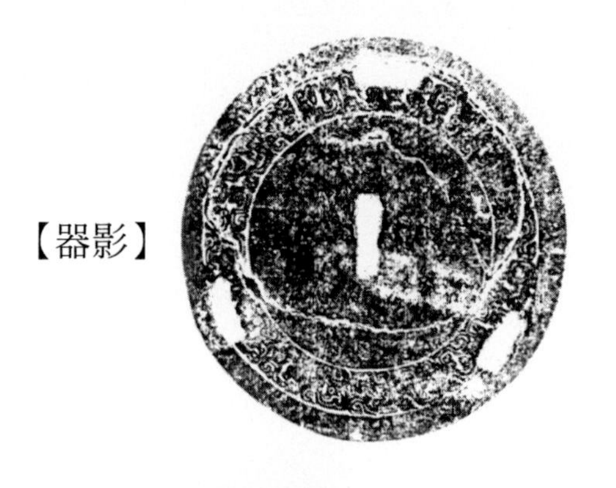

【拓片】

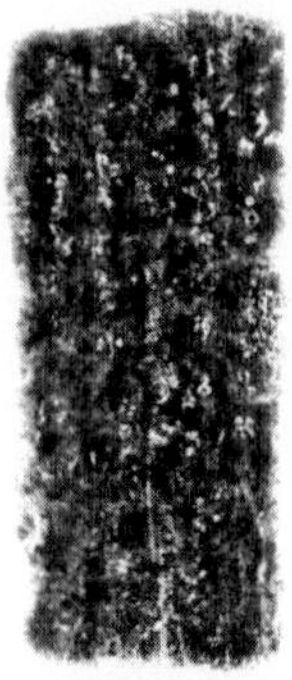

【釋文】……佫厌（侯）慶□□飲飤……。

71. 費奴父鼎

【出土】1972 年夏山東鄒縣邾國故城址。

【時代】春秋早期。

【著錄】青全 9.79，文物 1974 年 1 期 76 頁圖 2.1，三代補 998，集成 2589，總集 1096，綜覽.鼎 342，銘文選 820，辭典 613，山東成 199，通鑒 1606。

【現藏】山東鄒縣文物管理所。

【字數】17。

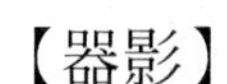
【器影】 

【拓片】 

【釋文】弗（費）奴父乍（作）孟𢼸（姒）守𦡆（媵）𪔂（鼎），其𩐁（眉）耇（壽）萬年，永寶用。

72. 杞伯每亡鼎

【出土】1966 年秋山東滕縣木石公社南台大隊東台村西南薛河故道旁。

【時代】西周晚期或春秋早期。

【著錄】文物 1978 年 4 期 95 頁圖 2，三代補 898，集成 2642，總集 1142，銘文選 800，綜覽.鼎 332，辭典 611，山東成 182，通鑒 1659。

【現藏】山東滕縣博物館。

【字數】21 字（重文 1）。

【器影】 

【拓片】

【釋文】杏（杞）白（伯）每亡乍（作）鼄（邾）�寶（寶）鼎（鼎），甘（其）萬年賁（眉）耆（壽），子子孫永寶（寶）用亯（享）。

73. 杞伯每亡鼎

【出土】道光、光緒間山東新泰縣出土（山東存）。

【時代】春秋早期。

【著錄】三代 3.34.1-2，貞松 3.5.1，周金 2.50.2-2.51.1，小校 2.68.4-69.1，大系 231，山東存杞 1.2-2.1，集成 2494，總集 1055，銘文選 801，國史金 2173（蓋），山東成 181，通鑒 1511。

【現藏】北京故宮博物院。

【字數】15（蓋器同銘，重文 2）。

【器影】

【拓片】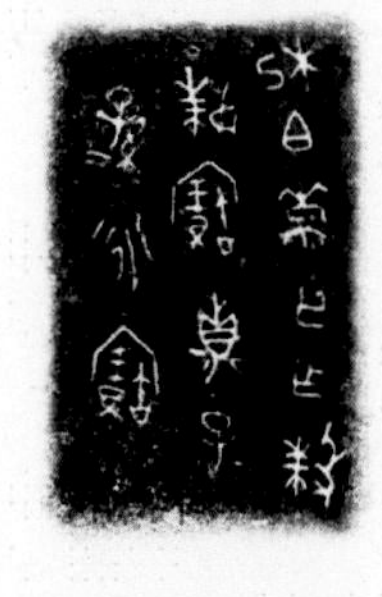

【釋文】杞白（伯）每亡乍（作）殺（邾）�寶鼎（鼎），子子孫孫永寶。

74. 杞伯每亡鼎

【出土】道光、光緒間山東新泰縣出土（山東存）。

【時代】春秋早期。

【著錄】三代 3.33.3，攈古 2 之 2.24.1，愙齋 5.19，奇觚 1.24，周金 2.50.3，簠齋 1 鼎 17，小校 2.69.2，大系 232，山東存杞 1.1，彙編 362，集成 2495，總集 1054，綜覽.鼎 362，鬱華 50.1，山東成 180，通鑒 1512。

【現藏】日本京都小川睦之輔氏。

【字數】16（蓋器同銘，重文 2）。

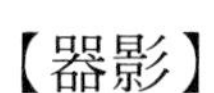

【器影】

【拓片】

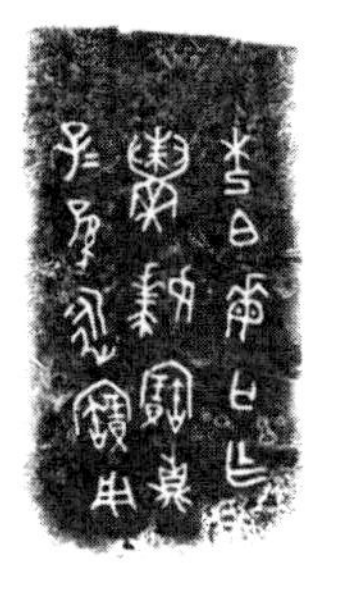

【釋文】杞白（伯）每亡乍（作）殺（邾）�寶鼑（鼎），子子孫孫永寶用。

75. ⿱宀朋[illegible]生鼎（寶弃生鼎）

【出土】1956 年山東棲霞縣松山鄉大北莊村桃莊。

【時代】春秋早期。

【著錄】山東選 97，故宮文物 1993 年總 129 期 14 頁圖 15，集成 2524，總集 1044，綜覽.鼎 307，古研 19 輯 83 頁圖 7.4，山東成 200，通鑒 1541。

【現藏】山東棲霞縣文物管理所。

【字數】14。

【器影】

【拓片】

【釋文】㡿𢆶生乍（作）成𡠀（媿）𦝡（媵）鼑（鼎），甘（其）子子孫孫永寶用。

76. 邾□伯鼎

【出土】民國二十二年（1933 年）春山東滕縣安上村。

【時代】春秋早期。

【著錄】三代 3.52.3，山東存邾 3.1，集成 2640，總集 1148，山東成 196.1，通鑒 1657。

【現藏】中國國家博物館。

【字數】22 字（重文 2）。

【拓片】

【釋文】鼄（邾）𡙇白（伯）乍（作）此嬴隮（尊）鼎，甘（其）萬年眉（眉）耇（壽）無強（疆），子子孫孫永寶用。

77. 邾□伯鼎

【出土】民國二十二年（1933 年）春山東滕縣安上村。

【時代】春秋早期。

【著錄】三代 3.53.1，山東存邾 2.2，集成 2641，總集 1149，國史金 2207，山東成 196.2，通鑑 1658。

【現藏】中國國家博物館。

【字數】存 19 字（重文 2）。

【拓片】

【釋文】鼄（邾）□白（伯）乍（作）此嬴隮（尊）鼎，甘（其）萬年眉（眉）耆（壽）無強（疆），子子孫孫永寶用。

78. 徐子氽鼎

【出土】山東費縣上冶公社臺子溝。

【時代】春秋中期。

【著錄】考古 1983 年 2 期 188 頁圖 1，集成 2390，總集 921，山東成 202，通鑑 1407。

【現藏】山東費縣圖書館。

【字數】9。

【器影】

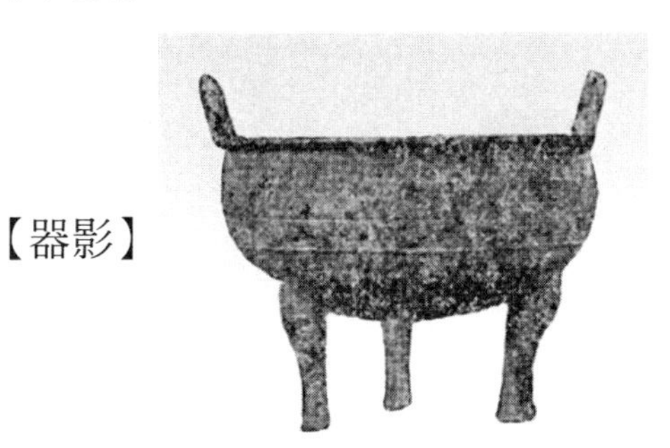

【拓片】

【釋文】余（徐）子汭之鼎，百歲用之。

79. 魯大左司徒元鼎

【出土】傳 1932 年山東曲阜縣林前村出土。

【時代】春秋中期。

【著錄】錄遺 87，集成 2592，總集 1094，銘文選 817，山東成 205，通鑒 1609。

【字數】存 17。

【拓片】

【釋文】□大左嗣（司）徒元乍（作）譱（膳）鼑（鼎），甘（其）萬年釁（眉）耆（壽），永寶用之。

80. 濈公鼎

【出土】山東棗莊徐樓東周墓（M2：25）。

【時代】春秋晚期。

【著錄】文物 2014 年第 1 期 25 頁圖 70，圖像集成續編 191。

【收藏】棗莊市博物館。

【字數】22。

【器影】

【拓片】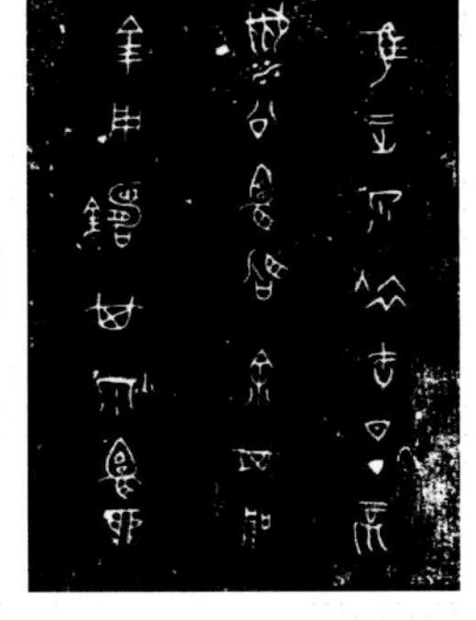

【釋文】隹（唯）正月初吉日丁亥，瀸（濫）公⿰月宜（宜）脂余（擇）甘（其）⿰爿咸（臧）金，用鑄甘（其）⿰火泉⿰月宜（宜）鼎。

81. 余王鼎

【出土】山東棗莊徐樓東周墓（M2：24）。

【時代】春秋晚期。

【著錄】文物 2014 年第 1 期。

【字數】35（重文 2）。

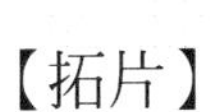
【拓片】

【釋文】隹（唯）王正月之初吉丁亥此余王□□乍鑄其小鼎□□永寶子孫無疆子子孫孫永寶是尚。

82. 宋公圝鼎

【出土】山東棗莊徐樓東周墓（M1：39）。

【時代】春秋晚期。

【著錄】文物 2014 年第 1 期 10 頁圖 10、圖 11，21 頁圖 63。

【字數】28（重文 2）。

【器影】
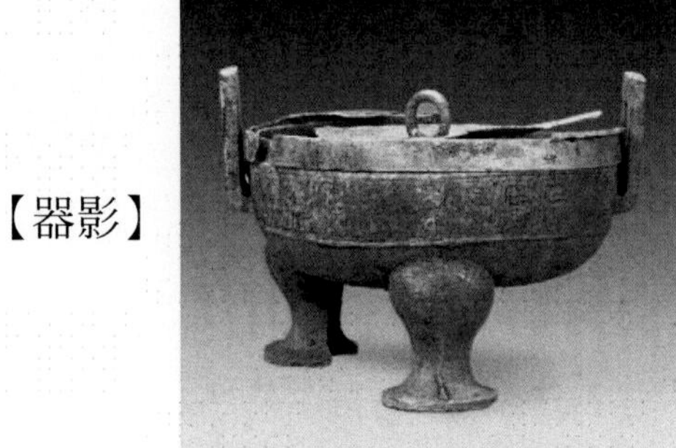
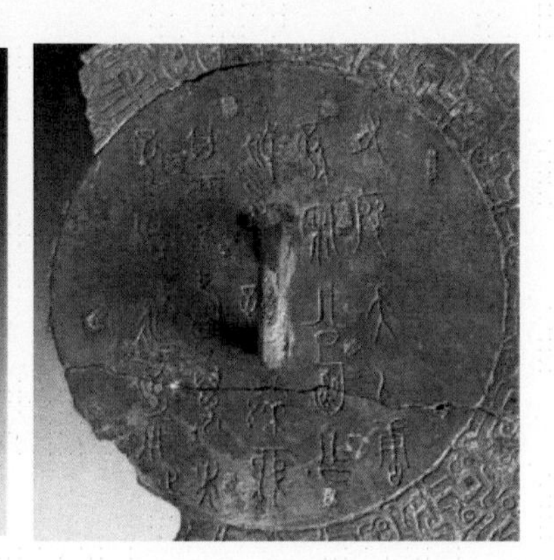

【拓片】

【釋文】有殷天乙唐孫宋公圝（固）乍（作）瀸弔（叔）子饙鼎，甘（其）�（眉）壽萬（萬）年，子子孫孫永保用之。

83. 國子中官鼎

【出土】1956 年春山東省臨淄縣（今淄博市臨淄區）姚王村。

【時代】春秋晚期。

【著錄】考古通訊 1958 年 6 期 51 頁圖 4，集成 1935，山東成 210.5.1-2，圖像集成 705。

【現藏】山東省博物館。

【字數】器蓋各 2 字。

【拓片】

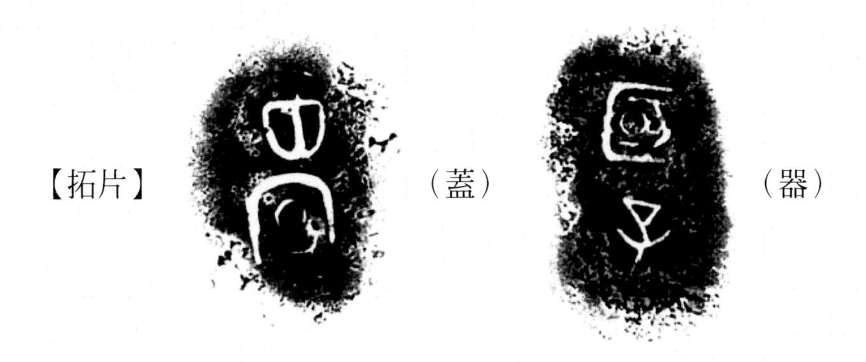

（蓋）（器）

【釋文】國子，中官。

84. 國子鼎

【出土】1956 年春山東省臨淄縣（今淄博市臨淄區）姚王村。

【時代】春秋晚期。

【著錄】考古通訊 1958 年 6 期 51 頁圖 4.1（蓋），青全 9.5（蓋），總集 530（蓋），山東成 210.2（蓋），圖像集成 702。

【現藏】山東省博物館。

【字數】2。

【器影】

【拓片】

【釋文】國子。

85. 華孟子鼎

【出土】2012 年山東沂水天上王城景區春秋墓。

【時代】春秋中期。

【著錄】文物報 2012 年 8 月 7 日 6 版，圖像集成續編 207。

【收藏】沂水博物館。

【字數】26（重文 2）

【拓片】

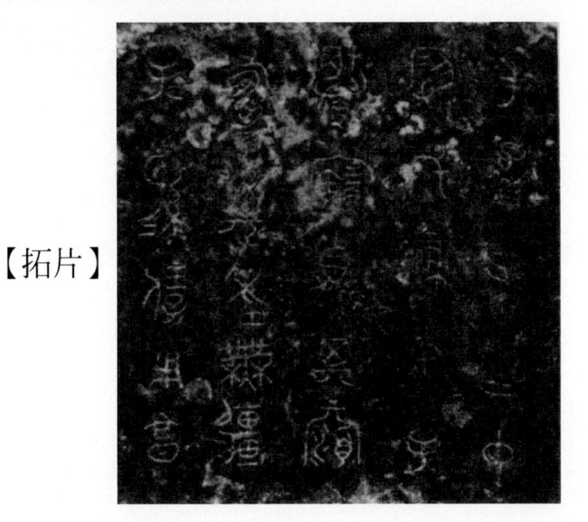

【釋文】華孟子乍（作）中叚氏婦中（仲）子賸（媵）鼎，其釁（眉）耆（壽）萬年無強（疆），子子孫孫傢用亯（享）。

86. 工師厚子鼎（師厓鼎）

【出土】1992 年山東淄博市臨淄商王村田齊墓地（M1.105）。

【時代】戰國晚期。

【著錄】文物 1997 年 6 期 17 頁圖 7.1，近出 261，新收 1075，山東成 211，通鑒 2037。

【字數】2。

【器影】

【拓片】

【釋文】帀（師）厔。

87. 宋左大帀鼎

【出土】1986 年山東淄博市臨淄區齊魯石化公司乙烯廠區 5 號墓（M5.84）。

【時代】戰國時期。

【著錄】齊墓 88 頁圖 43，山東成 213，通鑒 2364。

【字數】10。

【器影】

【拓片】

【釋文】宋左帀（師）不（丕）睪（擇）左䣛（庖）之鑄鼎。

傳世鼎

88. 㝬鼎

【時代】西周早期或中期。

【著錄】集成 2063，總集 707，三代 2.49.8，攈古 1.3.4，筠清 4.23.1，周金 2.65.1，小校 2.33.7，清愛 11，攀古 1.16.1，恒軒 18，鬱華 48.3，圖像集成 140，海岱 88.5。

【現藏】上海博物館。

【字數】5。

【器影】

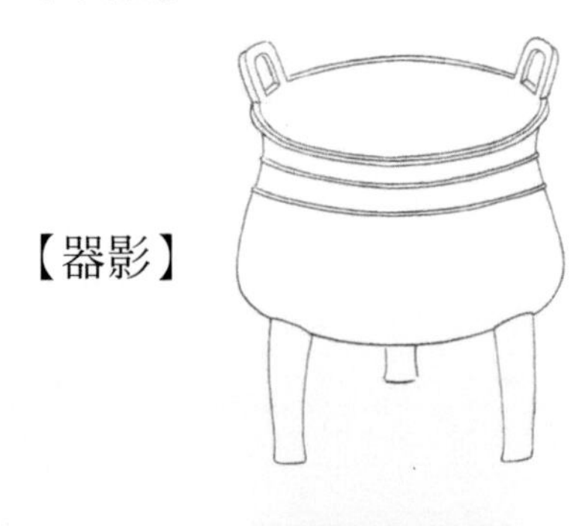

【拓片】

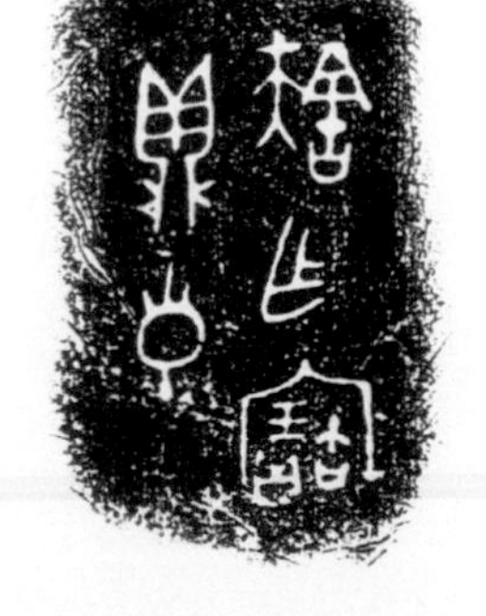

【釋文】㝬（㝬）乍（作）寶鼎。□。

89. 重鼎

【時代】商。

【著錄】山東成 110，集成 1003，總集 15，三代 2.2.3，西清 3.30，愙齋 7.3.2（誤作簋），移林 2，殷存上 1.3，小校 2.3.4（又 7.54.2 重出，誤爲敦），文物 1964 年 4 期 52 頁圖 1，圖像集成 96。

【現藏】青島市博物館。

【字數】1。

【器影】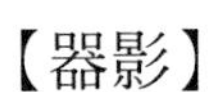 

【拓片】

【釋文】重。

90. 劦冊)(辛鼎（劦寧)(辛鼎）

【時代】商。

【著錄】山東成 111，集成 1941，圖像集成 1305。

【現藏】山東省博物館。

【字數】4。

【拓片】

【釋文】劦冊)(辛。

91. 亞丑父辛鼎

【時代】商或西周早期。

【著錄】山東成 112.3，集成 1883，總集 550，三代 2.28.8，西清 1.14，綴

遺 5.4，殷文存上 4.6，考古學報 1977 年 2 期 24 頁圖 1，圖像集成 1197。

【字數】4。

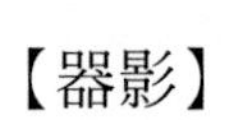【器影】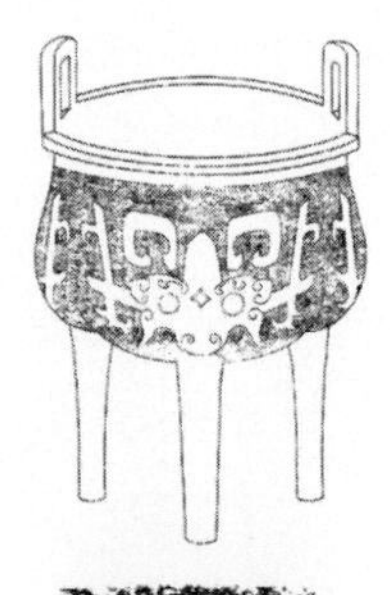

【拓片】

【釋文】亞醜父辛。

92. 亞丑方鼎

【時代】商。

【著錄】山東成 112，集成 1442，總集 190，考古學報 1977 年 2 期 24 頁圖 4，貞松 2.6，武英 6-7，續殷上 5.12，小校 2.5.2，，三代 2.9.10，通考 130，故圖下下 18。

【現藏】臺北故宮博物院（J.W3054-38）。

【字數】2。

【器影】

【拓片】

【釋文】亞醜。

93. 亞丑圓鼎

【時代】商。

【著錄】西清 2.10，山東成 113。

【字數】2。

【器影】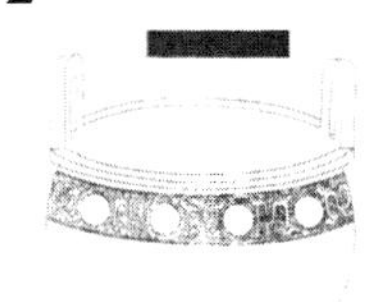

【拓片】

【釋文】亞醜。

94. 亞吳方鼎（亞疑鼎）

【時代】商。

【出土】傳出安陽大墓。

【著錄】山東成 114，集成 1432，總集 162，山東存 7.4，三代 2・7・11，筠清 4.9，攈古 1.1.20，綴遺 5.30.1，敬吾上 36.1，續殷上 5.6，小校 2.6.6，彙編 1035，國史金 1903，圖像集成 562。

【現藏】日本奈良寧樂美術館。

【字數】2。

【器影】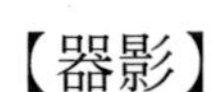

【拓片】

【釋文】亞吳（疑）。

95. □母鼎（尊形每鼎／周山鼎）

【時代】商。

【著錄】山東成 115，集成 2026，總集 718，，三代 2.52.7，西乙 1.36，故圖下下 45，續殷上 21.5，貞松 2.30，寶蘊 20，商圖 39，山東存下 17.9，圖像集成 1390。

【現藏】臺北故宮博物院。

【字數】5。

【器影】

【拓片】

【釋文】□母乍（作）山□（柔）。

96. □父癸方鼎（尊父癸鼎／酉父癸鼎）

【時代】商。

【著錄】山東成 116.3，集成 1680，總集 431，三代 2.29.6，山東存下 17.7，夢續 3，殷存上 4.12，小校 2.20.6，國史金 1927，圖像集成 940。

【現藏】瑞典斯德哥爾摩遠東古物館。

【字數】3。

【器影】

【拓片】

【釋文】□父癸。

97. 亞醜父丙方鼎

【時代】商。

【著錄】山東成 116.4，集成 1837，總集 535，西拾 2，通考 129，考古學報 1977 年 2 期 24 頁圖 7，圖版壹：2，圖像集成 1142。

【字數】4。

【器影】

【拓片】

【釋文】亞醜父丙。

98. 明亞乙鼎

【時代】商代晚期。

【著錄】山東成 119，海岱考古第 1 輯 321 頁圖 1.1，新收 1527，近出 241，新出 266，圖像集成 956。

【現藏】濟南市博物館。

【字數】3。

【器影】

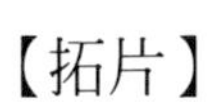

【拓片】

【釋文】明亞乙。

99. [illegible]方鼎

【時代】商代晚期。

【著錄】山東成 121，文物 1999 年 8 期 92 頁圖 2，新收 1526，近出 165，新出 198，圖像集成 218。

【現藏】濟南市博物館。

【字數】1。

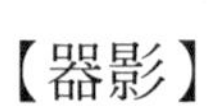

【器影】

【拓片】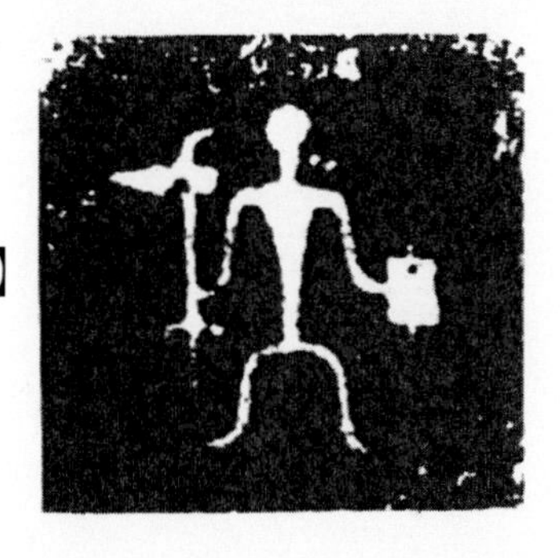

【釋文】𡗗。

100. 𡱁方鼎（周公鼎／周公東征鼎／豐伯𡱁鼎）

【時代】西周早期。

【出土】傳 1924 年陝西鳳翔西四十里之靈山；1927 年地方軍閥黨玉琨在陝西寶雞縣戴家灣（今屬寶雞市金台區陳倉鄉）盜掘出土。

【著錄】山東成 123（拓片倒置），集成 2739，總集 1242，彙編 190，曆朔 1.10，斷代 6，銘文選 26，青全 5.6，考古與文物 1991 年 1 期 12 頁圖 7。

【現藏】美國三藩市亞洲美術博物館（布倫戴奇藏品）。

【字數】35（合文 1）。

【器影】

【拓片】

【釋文】隹周公于征伐東尸，豐伯尃古咸殺，公歸禦于周廟。戊辰，畬秦畬。公賁塱貝扇，用乍尊鼎。

101. 亞俞曆作祖己鼎

【時代】殷或西周早期。

【著錄】集成 2245，總集 840，三代 3.1.2，西甲 1.1，山東存下 4，故青 15，通釋 8:411。

【現藏】北京故宮博物院。

【字數】7。

【器影】

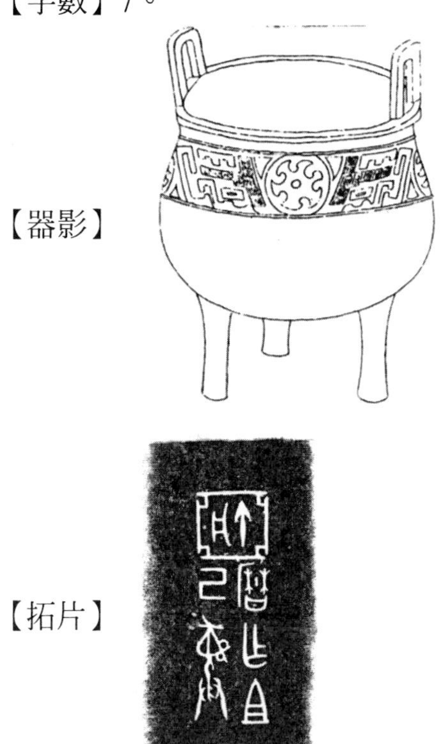

【拓片】

【釋文】亞{艅（俞）}曆乍（作）且（祖）己彝。

102. 大保冊鼎（大保彝／太保方鼎／遣方鼎／鼒鼎）

【時代】西周早期。

【著錄】山東成 125，總集 856，三代 3.10.3，山東存下 6.2（稱彝），通釋 2：68，圖像集成 1531。

【字數】7。

【拓片】

【釋文】㣈乍（作）寶隮（尊）彝，大孔（保）。

103. 木工冊作妣戊鼎

【時代】西周早期。

【著錄】山東成 126，集成 2246，總集 0848，積古 4.1.1，金索 2，攈古 2.1.1，愙齋 3.9，韡華乙 19，殷存上 6.10，小校 2.45.4，三代 3.8.8，彙編 587，讀金 102，圖像集成 1731。

【字數】7。

【器影】

【拓片】

【釋文】木工冊乍（作）匕（妣）戊㚸。

104. 作寶尊彝鼎

【時代】西周早期。

【著錄】山東成 134，山東藏 48，集成 1984，國史金 2066.2，圖像集成 1284。

【現藏】山東省博物館。

【字數】4。

【拓片】

【釋文】乍（作）寶隮（尊）彝。

105. 太祝禽鼎

【時代】西周早期。

【著錄】集成 1937，總集 602，積古 4.4-5，金索 1.39（集成、圖像集成錄爲 1.33，疑版本不同所致），攈古 1.2.47，周金 2.65.2，小校 2.27.7，韡華乙 32，銘文選 28，圖像集成 1269。

【現藏】遼寧省博物館。

【字數】4。

【器影】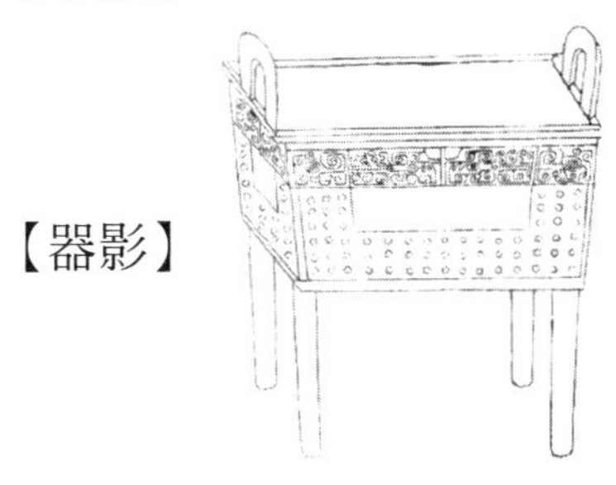

【拓片】

【釋文】大（太）祝禽鼎。

106. 太祝禽鼎

【時代】西周早期

【著錄】集成 1938，總集 603，鏡齋 6，尊古 1.24，三代 2.41.5，銘文選 28，總覽・方鼎 36，圖像集成 1268。

【現藏】德國科隆東亞美術博物館。

【字數】4。

【器影】

【拓片】

【釋文】大（太）祝禽鼎。

107. 𣏌伯鼎（杞伯鼎）

【時代】西周中期。

【著錄】山東成 146，集成 2460，總集 990，三代 3.23.5，貞松 2.46.1，武

英 23，小校 2.55.5，故圖下下 80，彙編 427，綜覽・鼎 250，故周金 49，彙編 427，圖像集成 1963。

【現藏】臺北故宮博物院（J.W.2606-38）。

【字數】12。

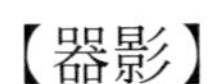

【器影】

【拓片】

【釋文】□白（伯）肆乍（作）□竇（寶）鼎，甘（其）萬年用亯（享）。

108. 員方鼎（員鼎／父甲鼎）

【時代】西周早或中期。

【著錄】集成 2695，總集 1187，山東成 147，三代 4.5.4，窓齋 6.8.1，韡華乙上 11，綴遺 4.7.2，大系 14，小校 2.97.1，銘文選 111，辭典 293，夏商周 199，圖像集成 2293。

【現藏】上海博物館。

【字數】26。

【器影】

【拓片】

【釋文】唯征（正）月既望癸酉，王獸（狩）于眂[illegible]，王令鼎（員）執犬，休善，用乍（作）父甲䵼彝。䊄。

109. 曶鼎

【時代】西周中期。

【出土】畢秋帆得於西安，或以為此器係扶風所出。

【著錄】山東成 147，集成 2838，總集 1330，三代 4.45.2-46.1，積古 4.35，攈古 3.3.46，愙齋 4.17，韡華乙中 59，奇觚 2.21〈又 16.20〉，周金 2.6，彙編 4，大系 83，小校 3.45，斷代 143，銘文選 242，圖像集成 2515。

【字數】存 378（重文 4）。

【拓片】

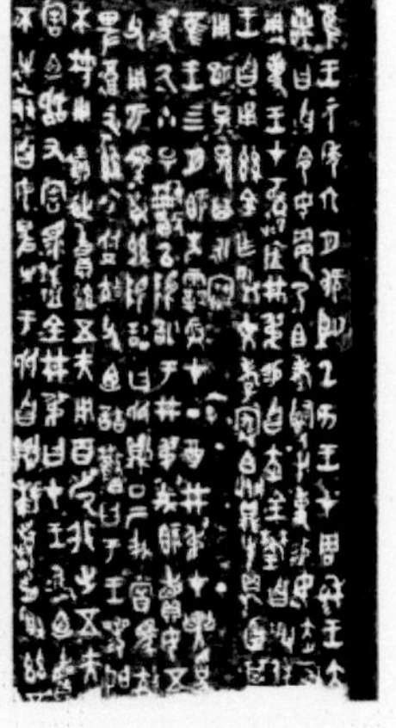

【釋文】隹（唯）王元年六月既望乙亥，王才（在）周穆王大[室]。[王]若曰：曶！令女䆠（更－賡）乃且（祖）考𤔲卜事。易（賜）女赤⊖，用事。王才（在）[illegible]应，井弔易曶赤金鬱。曶受休□□王。曶用𢆶（茲）金乍朕文孝（考）弈白（伯）䵼牛鼎，曶甘（其）萬[年]用祀，子子孫孫甘（其）永寶。隹王亖月既眚霸，辰才丁酉。井弔才（在）異為□。[曶]事（使）氒小子㪤吕限訟于井弔：我既賣女（汝）五[夫]，[限]父用匹馬束𢆶，限詰曰：㱃𠟭（則）卑（俾）我賞馬，效[父]□卑（俾）復氒（厥）𢆶束。䜌、效父㢑詰。㪤曰：于王𠫑（參）門，□□木榜，用償億（延－延）賣𢆶（茲）五夫，用百寽（鋝），非[illegible]（出）五夫□□旛（祈）。㢑（迺）䜌又旛（祈）眔頭金，井弔（叔）曰：才（在）王人㢑（迺）賣用□，不逆付，曶母卑式于㱃，曶𠟭（則）𢷎（拜）韻首，受絲（茲）五[夫]，曰陪、曰恒、曰秝、曰𣪊、曰眚。事（使）寽（鋝）吕（以）告㱃，㢑（迺）卑（俾）□吕曶酉（酒）彶（及）羊。絲（茲）三寽（鋝），用侄（致）絲（茲）人。曶㢑（迺）每（誨）于㱃，女甘（其）舍㪤矢五秉。曰：弋尚（當）卑（俾）處氒（厥）邑，田 [氒]（厥）田。㱃𠟭（則）卑（俾）復令曰：若（諾）！昔饉歲，匡（匡）眔氒（厥）臣廿夫寇曶禾十秭，吕匡（匡）季告東宮。東宮㢑（迺）曰：求乃人，乃弗𢔶（得），女匡（匡）罰大。匡（匡）㢑（迺）韻首于曶，用五田，用眔一夫曰嗌，用臣曰疐、[曰]朏（朏）、曰奠（奠），曰：用絲（茲）亖（四）夫。韻首曰：余無卣（由）具（俱）寇正□，不□，便（鞭）余。曶或吕（以）匡（匡）季告東宮，曶曰：弋唯朕賞。東宮㢑（迺）曰：賞曶禾十秭，遺十秭，為廿秭。來歲弗賞（償），𠟭（則）付卌（四十）秭。㢑（迺）或即曶：用田二又臣[一][夫]。凡用即曶田七田，人五夫。曶覓匡（匡）卅（三十）秭。

110. 蘇衛妃鼎（蘇衛改鼎）

【時代】西周晚期。

【著錄】山東成 157，集成 2381，總集 929，三代 3.17.7，陶續 1.19.1，恒軒上 15，銘文選 909，鬱華 49.2，圖像集成 1870。

【現藏】山東省博物館。

【字數】9。

【器影】

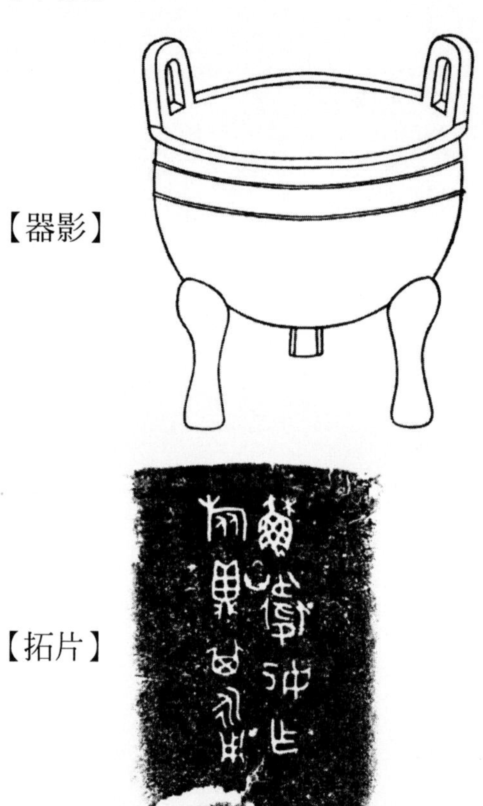

【拓片】

【釋文】穌（蘇）衛改（妃）乍（作）旅鼎，甘（其）永用。

111. 庢父鼎（周麻城鼎）

【時代】西周早期。

【著錄】山東成 168，集成 2671，總集 1167，復齋 11，積古 4.15.2，奇觚 16.18，攈古 2.3.26，薛氏 11，山東通志 147.4396，圖像集成 2259。

【字數】24。

【拓片】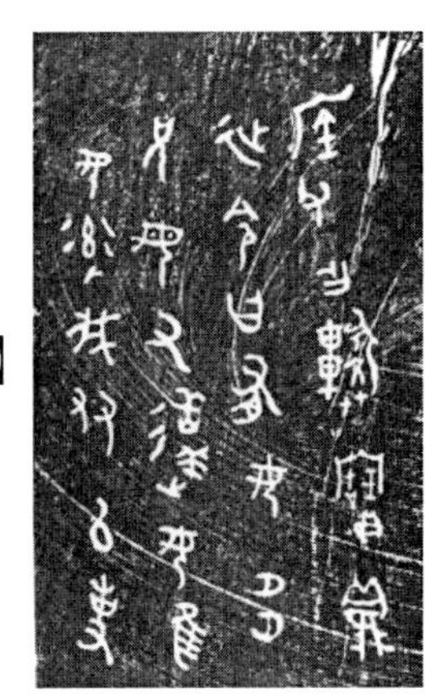

【釋文】庿（序）父乍（作）趣竈（寶）鼎。延令曰：有（侑）女多兄，母（毋）又違女，隹（唯）女率我友㠯（以）事。

112. 庿父鼎（周麻城鼎）

【出土】湖北麻城（積古）。

【時代】西周早期。

【著錄】山東成 169，集成 2672，總集 1168，積古 4.16.1，復齋 12，積古 4.16，攈古 2.3.26，奇觚 16.18，薛氏 12，山東通志 147.4397，圖像集成 2245。

【字數】存 23。

【拓片】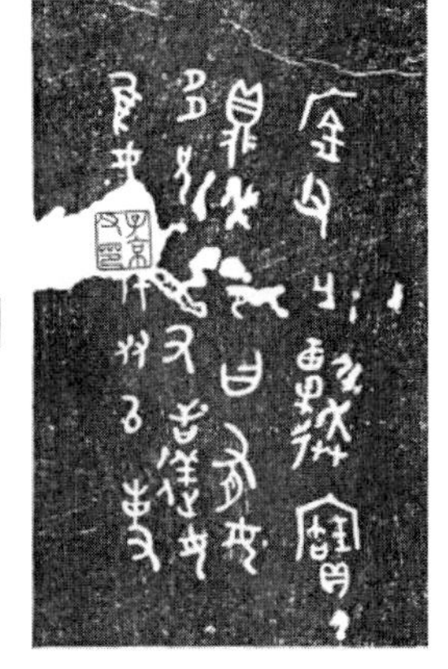

【釋文】庿（序）父乍（作）趣竈（寶）鼎。延令曰：有（侑）女多兄，母（毋）又違女，隹（唯）女□我友㠯（以）事。

113. 魯內小臣𢊁生鼎

【時代】西周晚或春秋早期。

【著錄】山東成 178，集成 2354，總集 906，三代 3.16.5，攈古 1.18，愙齋 6.14，周金 2.59.3，韡華 173.3，小校 2.50.5，山東存魯 18，圖像集成 1834。

【字數】8。

【器影】

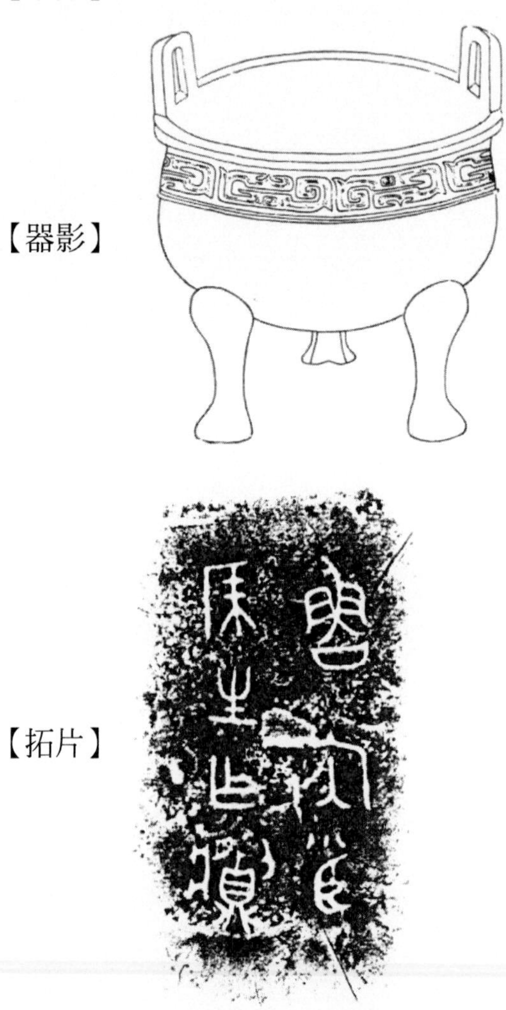

【拓片】

【釋文】魯內小臣厍生乍（作）鼐。

114. 伯姒鼎（伯氏鼎）

【時代】西周晚期或春秋早期。

【著錄】集成 2447，山東成 179。

【現藏】濟南市博物館。

【字數】11。

【拓片】

【釋文】伯氏乍（作）嫀（曹）氏羞鼎，其永寶用。

115. 杞子每亡鼎（杞子每刃鼎）

【時代】春秋早期。

【著錄】山東成 183，集成 2428，總集 977，三代 3.22.7，綴遺 9.27，貞松 2.45.1，希古 2.9.3，山東存杞 8.1，國史金 2159，圖像集成 1920。

【字數】存 10。

【拓片】

【釋文】囗子每亡乍（作）寶鼎，其萬年囗寶囗。

116. 陳侯鼎（陳侯作嬀囧母鼎）

【時代】春秋早期。

【著錄】山東成 184，集成 2650，總集 1134，三代 3.49.3，攈古 2.3.2，愙齋 5.18.1，簠齋 1 鼎 14，奇觚 1.28.1，從古 13.16.1，周金 2.43.1，小校 2.87.1，銘文選 577，故青 221，鬱華 57，圖像集成 2212。

【現藏】北京故宮博物院。

【字數】21（1字殘泐不清）。

【器影】

【拓片】

【釋文】隹（唯）正月初吉丁亥，敶（陳）厌（侯）乍（作）□嫣囧母賸（媵）鼎，其永壽用之。

117. 曾諸子鼎

【時代】春秋早期。

【著錄】山東成186，集成2563，總集1085，三代3.39.3，攈古2.2.37，敬吾上40，雙王9，周金2補，韡華乙1.23，善齋2.63，小校2.74.2，善齋34，山東存曾7，故圖下下78，北圖拓62，通考76，銘文選690，圖像集成2123。

【現藏】臺北故宮博物院。

【字數】17（重文1）。

【器影】

【拓片】

【釋文】曾者（諸）子譔用乍（作）[illegible]（鬳）鼎，用亯（享）于且（祖），子子孫永耆（壽）。

118. 魯伯車鼎

【時代】春秋早期。

【著錄】總集 1171，周金 2，補遺 116。

【字數】24。

【拓片】

【釋文】魯白（伯）稟（亩）自乍（作）文考囗靜鼎，稟（亩）其萬年釁（眉）壽，子子孫孫永寶用亯（享）。

119. 郜史碩父鼎

【時代】西周晚期。

【著錄】山東成 189，山東存郜 1，小校 2.88.2，善齋 2.70，貞松 3.16.3，國史金 2205，圖像集成 2233。

【字數】22 字（重文 2）。

【器影】

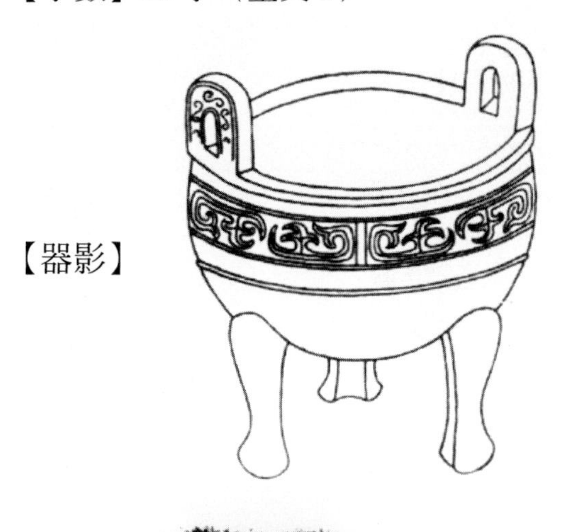

【拓片】

【釋文】郜史碩父乍（作）隮（尊）鼎，用亯（享）孝于宗室，萬年子子孫孫永寶用。

120. 郜伯鼎（周孟姬鼎）

【時代】春秋早期。

【著錄】集成 2601，總集 1133，通考 68，銘文選 838，三代 3.46.1-2，西乙 1.47，積古 4.14，攈古 2.2.58，寶蘊 25，希古 2.21.2，大系 224.1，山東存郜 1，倫敦 24.88，故圖下下 82，圖像集成 2194。

【現藏】臺北故宮博物院（J.W.2080-38）。

【字數】18（重文 2）。

【器影】

【拓片】

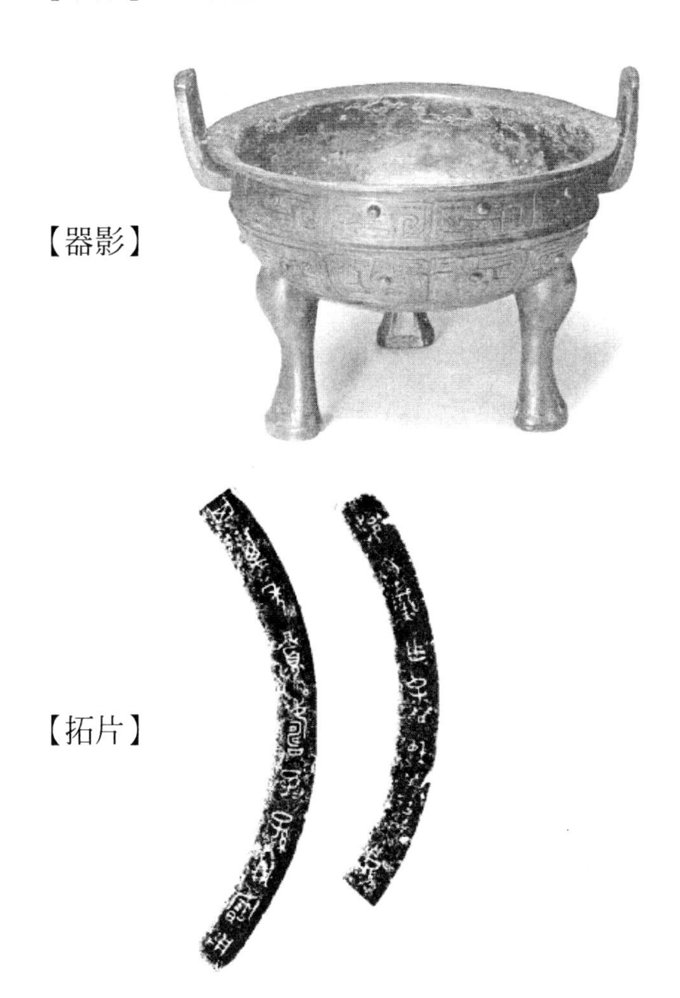

【釋文】郜白（伯）肈（肇）乍（作）孟妊譱（膳）鼎，𠀠（其）萬年覺（眉）耆（壽），子子孫孫永寶用。

121. 郜伯采鼎（郜伯鼎／郜伯祀鼎）

【時代】春秋早期。

【著錄】山東成 194，總集 1132，集成 2602，希古 2.22，三代 3.49.1-2，小校 2.84，貞松 3.15，周金 2.42.1，大系 224.2，山東存郜 1，銘文選 837，綜覽．鼎 359，圖像集成 2195。

【現藏】北京故宮博物院。

【字數】20（重文 1，合文 1）。

【器影】

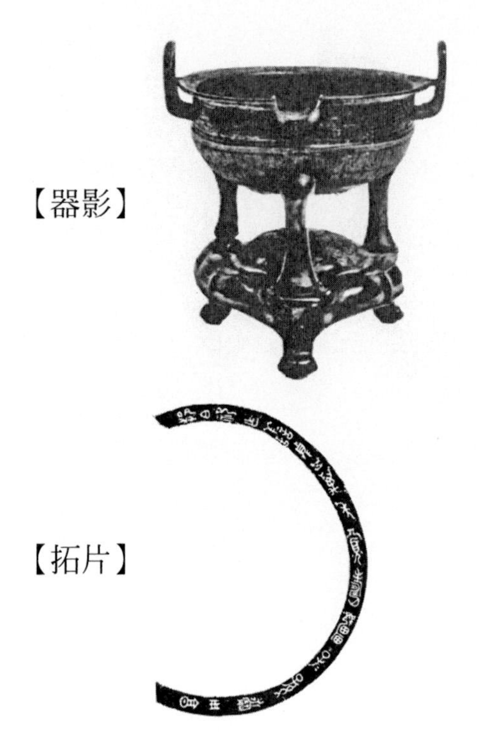

【拓片】

【釋文】郣白（伯）祀乍（作）譱（膳）鼑（鼎），甘（其）萬年賫（眉）耆（壽）彊（無疆），子子孫孫永寶用亯（享）。

122. 邾討鼎（鼄討鼎）

【時代】春秋早期。

【著錄】山東成 197，集成 2426，總集 992，山東存邾 15，小校 2.56.5，大系 222.2，周金 2.56.1，攈古 2.1.65，三代 3.23.8，銘文選 493，讀金 161，圖像集成 1977。

【字數】12（重文 2）

【拓片】

【釋文】鼄（邾）訧為甘（其）鼎，子子孛（孫）孛（孫）永寶（寶）用。

123. 曾子仲宣鼎

【時代】春秋早期。

【著錄】山東成 198，集成 2737，總集 1238，大系 210，山東存曾 4，希古 2.25，貞松 3.25.1，三代 4.15.3，銘文選 694，國史金 2249，曾銅 438 頁，圖像集成 2371。

【字數】35（重文 2）。

【拓片】

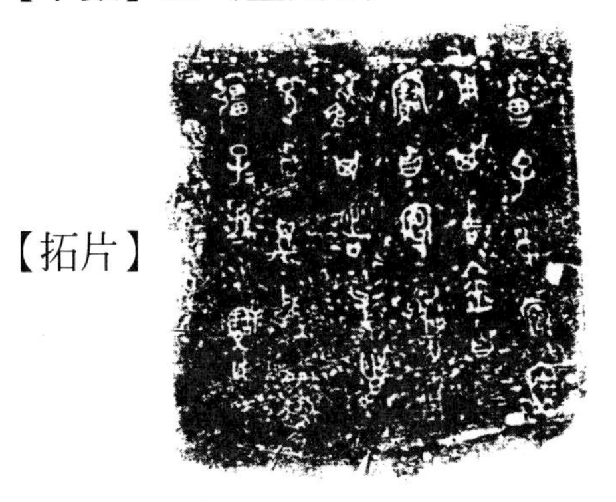

【釋文】曾子中（仲）宣□用甘（其）吉金，自乍（作）寶鼎。宣喪用雝（饔）其者（諸）父者（諸）兄，甘（其）萬年無彊（疆），子子孫孫永寶用亯（享）。

124. 鄦大史申鼎（筥太史申鼎）

【時代】春秋晚期。

【著錄】愙齋 6.7，山東存莒 2，彙編 4.204，集成 2732，周金 2.33.3，大系 187，三代 4.15.1，小校 3.7.3，韡華乙 37，總集 1225，南大文物 26，山東成 203，圖像集成 2350。

【現藏】南京大學歷史系考古教研室。

【字數】32。

【器影】

【拓片】

【釋文】隹（唯）正月初吉辛亥，鄀宷之孫篖（鄘）大史申，乍（作）其造（祰）鼎（鼎）十。用延（征）台（以）迮，台（以）迎（御）賓客，子孫是若。

125. 取它人鼎

【時代】春秋時期。

【著錄】山東成 204，小校 2.41.3，集成 2227，貞松 2.34.2，善齋 2.51，希古 2.7.2，周金 2.62.2，三代 3.7.7，山東存魯 21，總集 805，國史金 2096，圖像集成 1656。

【字數】6。

【器影】

【拓片】

【釋文】取它人之譱（膳）鼎（鼎）。

126. 郳伯御戎鼎

【時代】春秋早期。

【著錄】山東成 206，集成 2525，總集 1071，攈古 2.2.24，三代 3.37.1，大系 222，山東存郳 1，銘文選 492，圖像集成 2086。

【字數】16（重文 2）。

【拓片】

【釋文】鼄（郳）白（伯）御戎乍（作）媵（滕）姬寶鼑（鼎），子子孫孫永寶用。

127. 師麻斿叔鼎（師麻孝叔鼎）

【時代】春秋時期。

【著錄】山東成 207，集成 2552，總集 1088，希古 2.16.2，小校 2.74.3，周金 2.50.2，貞松 3.10.2，三代 3.40.2，國史金 2182，圖像集成 2132。

【現藏】山東省博物館。

【字數】17（重文 2）

【拓片】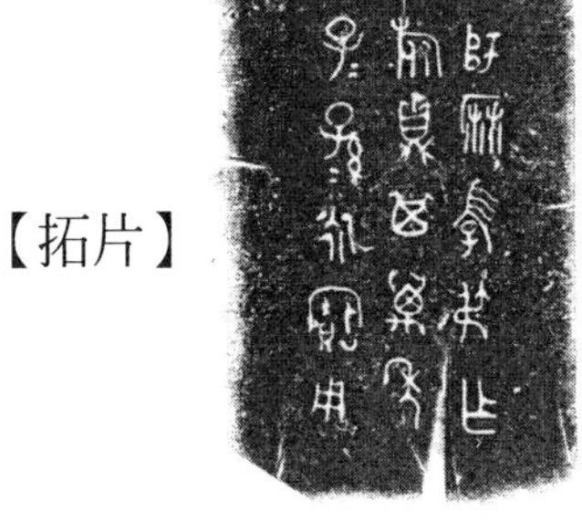

【釋文】師𣏟（麻）𢑠弔（叔）乍（作）旅鼑（鼎），甘（其）萬年子子孫孫永寶用。

【備註】容庚疑僞。

128. 鄟車季鼎

【時代】春秋早期。

【著錄】山東成 208，集成 2476，總集 1045，文物 1964 年 12 期 66 頁圖 2。

【現藏】江西省博物館。

【字數】14（重文 2）

【器影】

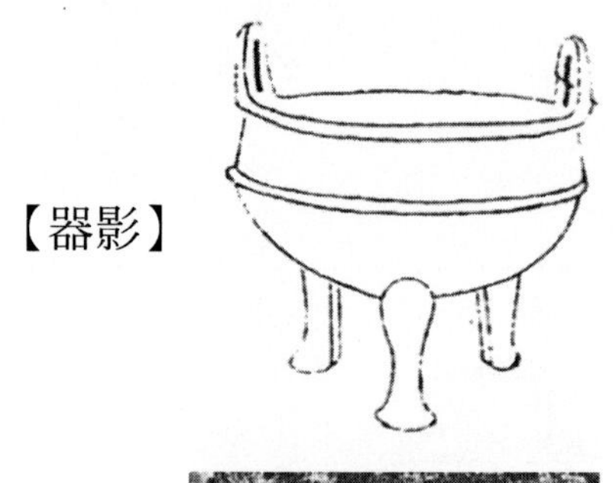

【拓片】

【釋文】專車季乍（作）寶鼎，其子子孫孫永寶用。

129. 宋君夫人鼎

【時代】春秋晚期。

【出土】得於京兆（考古圖）。

【著錄】薛氏 82，嘯堂 19，博古 3.37，考古圖 1.21，集成 2358，銘文選 794，總集 827.2B，通志 147.4393，山東成 209，圖像集成 1846。

【字數】8。

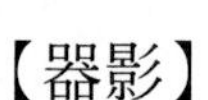

【器影】

【摹本】

【釋文】宋君夫人自乍（作）䵼鼎。用般狀（禋）祀甘（其）禺（萬）釁（眉）耆（壽）為民父母。

130. 宋公欒鼎蓋

【出土】元祐間得於南都。

【時代】春秋晚期。

【著錄】山東成 209，集成 2233，總集 827，博古 3.35，薛氏 80，嘯堂 19，大系 206，銘文選 791，圖像集成 1564。

【字數】6。

【器影】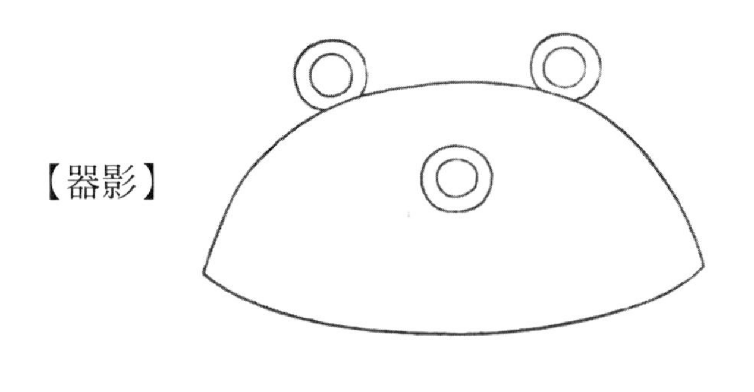

【拓片】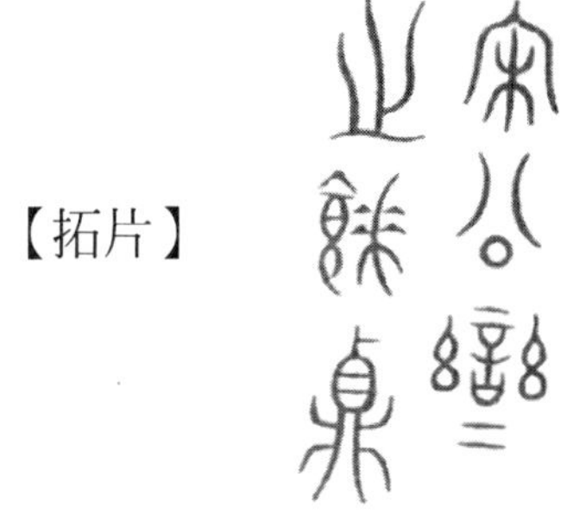

【釋文】宋公欒之䵼鼎。

131. 齊侯鼎

【出土】清光緒十八年壬辰（1892 年）河北易縣。

【時代】春秋晚期。

【著錄】山東成 212，總集 1237，周金 2 補遺，小校 3.6，大系 254，考 211，通考 92，山東存齊 2，齊侯 3，國史金 2246，圖像集成 2363。

【現藏】美國紐約市美術博物館。

【字數】34（重文 4）。

【器影】

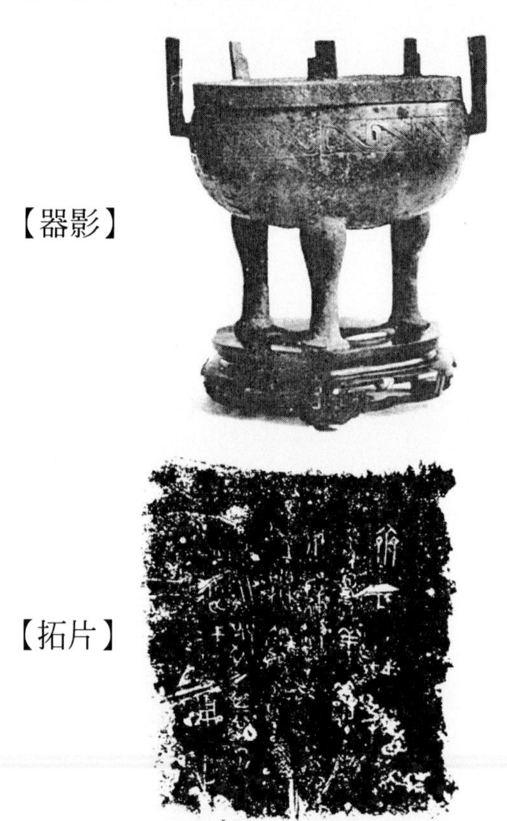

【拓片】

【釋文】不清。

132. 𡩜作寶鼎

【時代】西周中期。

【著錄】集成 1964，總集 612，三代 2.42.8，貞松 2.22.3，希古 2.3.1，小校 2.28.7，海岱 1.10，銘文選 184，國史金 2063.2。

【字數】4。

【拓片】 

【釋文】鬳乍（作）寶鼎。

133. □乙鼎（酓乙鼎）

【出土】傳山東。

【時代】商代晚期。

【著錄】美集 R243、A50，三代補 243，彙編 1603，集成 1286，總集 237，圖像集成 435。

【現藏】美國哈佛大學福格美術博物館。

【字數】2。

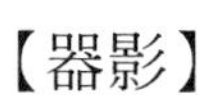
【器影】 

【拓片】 

【釋文】□乙。

二、鬲

134. 眉T子鬲

【出土】1964 年 11 月山東滕縣姜屯公社種寨村。

【時代】商代晚期。

【著錄】文物 1972 年 5 期 4 頁圖 6，集成 487，總集 1359，綜覽.鬲 6，山東成 214.1，圖像集成 2639。

【收藏】山東省博物館。

【字數】3。

【器影】

【拓片】

【釋文】眉T子。

135. 史鬲

【出土】1995 年山東省滕州市官橋鎮前掌大村商周墓地（M38.54）。

【時代】西周早期。

【著錄】滕州 226 頁圖 159.1，圖像集成 2613。

【現藏】中國社會科學院考古研究所。

【字數】1。

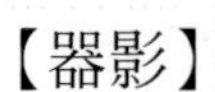
【器影】

【拓片】

【釋文】史。

136. [illegible]鬲

【出土】1995 年山東省滕州市官橋鎮前掌大村商周墓地（M38.51）。

【時代】西周早期。

【著錄】滕州 226 頁圖 159.2，圖像集成 2612，近出二 57，海岱 163.79。

【收藏】中國社會科學院考古研究所。

【字數】1。

【器影】

【拓片】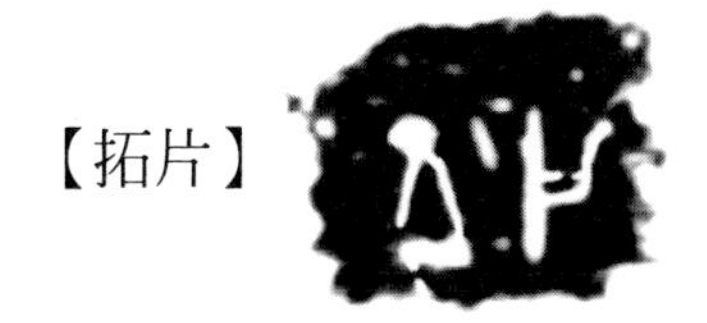

【釋文】。

137. 疐鬲（遣鬲）

【出土】1982 年 3 月山東滕縣姜屯公社莊里西村西周墓葬。

【時代】西周早期後段。

【著錄】考古 1984 年 4 期 336 頁圖 8，集成 631，山東成 216，圖像集成 2846，海岱 160.1。

【現藏】滕縣博物館。

【字數】11。

【器影】

【拓片】

【釋文】疐乍（作）寶隮（尊）鼎，甘（其）萬年用卿（饗）各。

138. 郳姬鬲

【出土】山東泰安市道朗鄉大馬莊村龍門口遺址。

【時代】西周晚期。

【著錄】文物 2004 年 12 期 9 頁圖 11，新收 1070，圖像集成 2825。

【收藏】泰安市博物館。

【字數】9。

【器影】

【拓片】

【釋文】鼏姬乍（作）孟妊姑丝（薔）弄（羞）鬲。

139. 吾作滕公鬲（吾鬲）

【出土】1978 年山東滕縣姜屯公社莊里西村 3 號墓。

【時代】西周早期。

【著錄】青全 6.77，文物 1979 年 4 期 89 頁圖 3，集成 565，總集 1416，綜覽・鬲 10，銘文選 156，辭典 325，山東成 217.1，圖像集成 2766。

【現藏】山東滕縣博物館。

【字數】7。

【器影】

【拓片】

【釋文】吾乍（作）媵（滕）公寶障（尊）彝。

140. 叔父癸鬲

【出土】1984 年 10 月山東新泰市府前街西周墓葬。

【時代】西周早期。

【著錄】文物 1992 年 3 期 94 頁，近出 120，新收 1106，山東成 214.2，圖像集成 2658。

【字數】3。

【現藏】山東新泰市博物館。

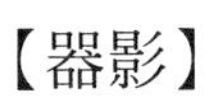
【器影】

【拓片】

【釋文】弔（叔）。父癸。

141. 父辛鬲

【出土】1984 年 10 月山東新泰市府前街西周墓葬。

【時代】西周早期。

【著錄】文物 1992 年 3 期 94 頁圖 8.2，近出 123，新收 1008，山東成 214.3，圖像集成 2699。

【現藏】山東新泰市博物館。

【字數】5。

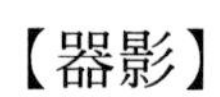
【器影】

【拓片】

【釋文】□□乍（作）父辛。

142. 旹伯鬲（時伯鬲／邿伯鬲）

【出土】民國二十二年（1933 年）春山東滕縣安上村。

【時代】西周晚期。

【著錄】三代 5.20.1，山東存邿 2.1，集成 589，總集 1421，山東成 221，圖像集成 2797。

【現藏】中國國家博物館。

【字數】8。

【拓片】

【釋文】邿白（伯）乍（作）囗母囗羞鬲。

143. 邿伯鬲（時伯鬲／邿伯鬲）

【出土】民國二十二年（1933 年）春山東滕縣安上村。

【時代】西周晚期。

【著錄】三代 5.21.1，山東存邿 2.2，集成 590，總集 1423，山東成 222，圖像集成 2798。

【現藏】中國國家博物館。

【字數】8。

【拓片】

【釋文】邿白（伯）乍（作）囗母囗羞鬲。

144. 邿伯鬲（時伯鬲／邿伯鬲）

【出土】民國二十二年（1933 年）春山東滕縣安上村。

【時代】西周晚期。

【著錄】三代 5.20.2，山東存邿 3.1，集成 591，總集 1422，山東成 223，圖像集成 2799。

【現藏】中國國家博物館。

【字數】8。

【拓片】

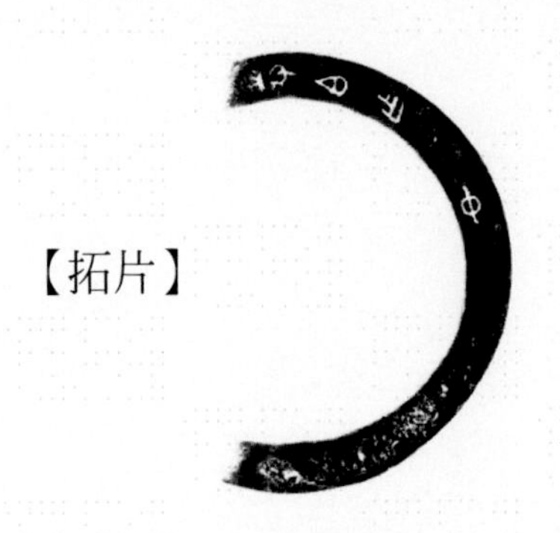

【釋文】峕白（伯）乍（作）口母口羞鬲。

145. 𡢁士父鬲

【出土】1963年山東肥城縣小王莊。

【時代】西周晚期。

【著錄】文物1972年5期10頁圖20，集成715，總集1513，山東成225，圖像集成2985。

【現藏】山東省博物館。

【字數】18（重文2）。

【器影】

【拓片】

【釋文】𡢁（睽）士父弄（作）䕷（蓼）改障（尊）鬲，其萬年子子孫孫永寶用。

146. 嬰士父鬲

【出土】1963 年山東肥城縣小王莊。

【時代】西周晚期。

【著錄】集成 716，山東成 226，圖像集成 2986。

【字數】18（重文 2）。

【器影】

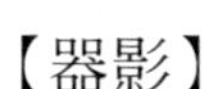

【拓片】

【釋文】嬰（睽）士父乍（作）蓼（蓼）改隮（尊）鬲，其萬年子子孫孫永寶用。

147. 己侯鬲（紀侯鬲）

【出土】1963 年山東黃縣舊城（今屬龍口市）收集，據云二十世紀五十年代黃縣和平村羣眾挖土時發現的。

【時代】西周晚期。

【著錄】文物 1983 年 12 期 8 頁圖 6，集成 600，古研 19 輯 79 頁圖 3.7，考古 1991 年 10 期 916 頁圖九，山東成 230，通鑒 2760。

【現藏】煙台地區文物管理委員會。

【字數】現存 8（重文 2）。

【器影】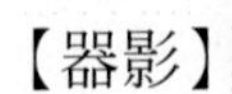

【拓片】

【釋文】己（紀）厌（侯）[乍（作）]□姜□[鬲]，子子孫孫永寶用[之]。

148. ⿱敄盧伯鬲

【出土】1976 年 3 月山東日照縣（今日照市）崮河崖大隊 1 號西周墓（M1.4）。

【時代】西周晚期。

【著錄】考古 1984 年 7 期 596 頁圖 6，集成 663，山東成 227，辭典 633，圖像集成 2879。

【收藏】日照市博物館。

【字數】14。

【器影】

【拓片】

【釋文】𢾊（鼄）白（伯）□母子剌乍（作）寶鬲，子子孫孫永寶用。

149. 鼄伯鬲

【出土】1976 年 3 月山東日照縣（今日照市）崮河崖大隊 1 號西周墓（M1.5）。

【時代】西周晚期。

【著錄】集成 664，山東成 228，圖像集成 2880。

【收藏】日照市博物館。

【字數】14。

【拓片】

【釋文】𢾊（鼄）白（伯）□母子剌乍（作）寶鬲，子子孫孫永寶用。

150. 鼄伯鬲

【出土】1976 年 3 月山東日照縣（今日照市）崮河崖大隊 1 號西周墓（M1.6）。

【時代】西周晚期。

【著錄】集成 665，山東成 229，圖像集成 2881。

【現藏】日照市博物館。

【字數】14。

【拓片】

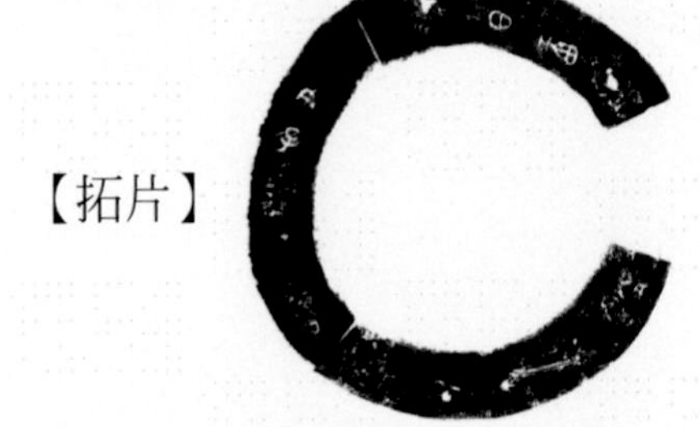

【釋文】𣪕（鼇）白（伯）□母子剌乍（作）寶鬲，子子孫孫永寶用。

151. 齊趫父鬲

【出土】1981年4月山東臨朐縣嵩山公社泉頭村春秋墓葬（M 乙.5）。

【時代】春秋早期。

【著錄】青全9.8右，文物1983年12期3頁圖6，集成686，山東成237，圖像集成2937，海岱37.11。

【現藏】臨朐縣文化館。

【字數】16（重文2）。

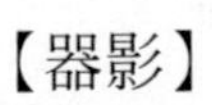

【器影】

【拓片】

【釋文】𠫑（齊）趫父乍（作）孟皵（姬）寶（寶）鬲，子子孫孫永寶（寶）用亯（享）。

152. 齊趫父鬲

【出土】1981 年 4 月山東臨朐縣嵩山公社泉頭村春秋墓葬（M 乙.5）。

【時代】春秋早期。

【著錄】青全 9.8 左，文物 1983 年 12 期 3 頁圖 7，集成 685，山東成 236，圖像集成 2936，海岱 37.10。

【現藏】臨朐縣文化館。

【字數】16（重文 2）。

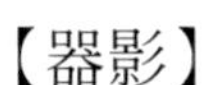

【拓片】

【釋文】亝（齊）趫父乍（作）孟姬（姬）寶（寶）鬲，子子孫孫永寶（寶）用亯（享）。

153. 鑄子叔黑叵鬲

【出土】清光緒初年山東桓臺縣。

【時代】春秋早期。

【著錄】集成 735，圖像集成 2979。

【字數】17。

【拓片】 

【釋文】 𥁕（鑄）子弔（叔）黑臣肈（肇）乍（作）寶鬲，甘（其）萬年□耆（壽）永寶用。

154. 魯伯愈父鬲

【出土】 1830年山東滕縣，「道光庚寅歲滕縣人於鳳皇嶺之溝澗中掘出，劉超元守衛購得……此外有簠有鬲有鬲皆以姬年繫之……」（金索56）。

【時代】 春秋早期。

【著錄】 三代5.31.2，愙齋17.11.2，綴遺27.25，周金2.75.1，大系230.1，小校3.73.2，山東存魯5.2，上海64，青全9.50，彙編380，集成690，總集1471，辭典337，綜覽.鬲82，銘文選810，夏商周446.1，鬱華244，山東成240，圖像集成2901。

【現藏】 上海博物館。

【字數】 14。

【器影】 

【拓片】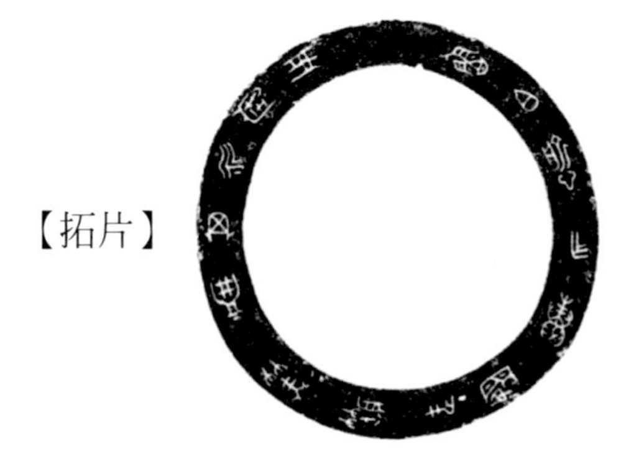

【釋文】魯白（伯）愈乍（作）鼄（邾）畒（姬）孨朕羞（羞）鬲，甘（其）永寍（寶）用。

155. 魯伯愈父鬲

【出土】1830 年山東滕縣，「道光庚寅歲滕縣人於鳳皇嶺之溝澗中掘出劉超元守衛購得……此外有簠有鬲有鬲皆以姬年繫之……」（金索 56）。

【時代】春秋早期。

【著錄】三代 5.32.1，筠清 4.32-33，古文審 8.13，攈古 2 之 2.16.3，周金 2 補 24.2，希古 3.6.3，大系 229.2，小校 3.73.1（小校 3.74.1 重出），山東存魯 6.2-7.1，集成 691，總集 1472，鬱華 246，山東成 241，圖像集成 2903。

【字數】15。

【拓片】

【釋文】魯白（伯）愈父乍（作）鼄（邾）畒（姬）孨朕羞（羞）鬲，甘（其）永寶用。

156. 魯伯愈父鬲

【出土】1830 年山東滕縣，「道光庚寅歲滕縣人於鳳皇嶺之溝澗中掘出劉超元守衛購得……此外有簠有鬲有鬲皆以姬年繫之……」（金索 56）。

【時代】春秋早期。

【著錄】三代 5.32.2，愙齋 17.11.1，綴遺 27.23，周金 2.75.2，小校 3.72.1（小校 3.72.2 重出），大系 230.2，山東存魯 8.2-9.1，彙編 379（a、b 兩拓），集成 692，總集 1473，夏商周 446.2，鬱華 243，山東成 242，圖像集成 2902。

【現藏】上海博物館。

【字數】15。

【器影】

【拓片】

【釋文】魯白（伯）愈父乍（作）鼄（邾）敀（姬）孨朕羞（羞）鬲，甘（其）永寶用。

157. 魯伯愈父鬲

【出土】1830 年山東滕縣，「道光庚寅歲滕縣人於鳳皇嶺之溝澗中掘出劉超元守衛購得……此外有簠有鬲有鬲皆以姬年繫之……」（金索56）。

【時代】春秋早期。

【著錄】三代 5.33.1，綴遺 27.26，周金 2.76.1，貞松 4.8，希古 3.6.2，大系 229.1，小校 3.74.2，山東存魯 7.2-8.1，集成 693，總集 1474，山東成 243，圖像集成 2904。

【字數】15。

【拓片】

【釋文】魯白（伯）愈父乍（作）鼄（邾）㚸（姬）𡥨朕𦍒（羞）鬲，其（其）永寶用。

158. 魯伯愈父鬲

【出土】1830 年山東滕縣，「道光庚寅歲滕縣人於鳳皇嶺之溝澗中掘出劉超元守衛購得……此外有簠有鬲有鬲皆以姬年繫之……」（金索56）。

【時代】春秋早期。

【著錄】三代 5.33.2，綴遺 27.24.1，周金 2.74.2，貞松 4.9，希古 3.6.4，大系 228.2，小校 3.71.2，山東存魯 9.2-10.1，集成 694，總集 1475，鬱華 245，山東成 244，圖像集成 2905。

【字數】15。

【拓片】

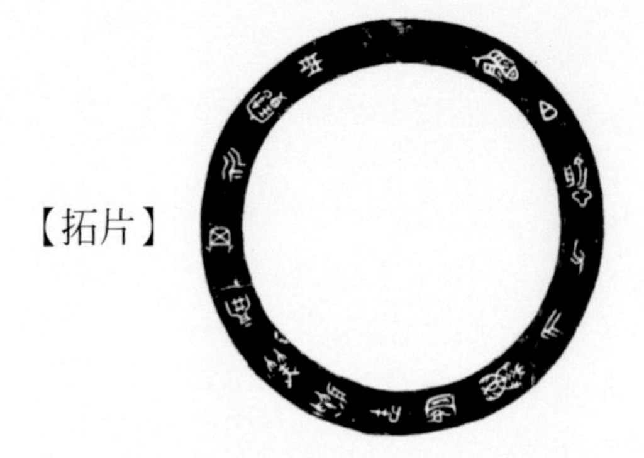

【釋文】魯白（伯）愈父乍（作）鼄（邾）㕟（姬）𡥂朕羞（羞）鬲，甘（其）永寶用。

159. 魯伯愈父鬲

【出土】1830 年山東滕縣，「道光庚寅歲滕縣人於鳳皇嶺之溝澗中掘出劉超元守衛購得……此外有簠有鬲有鬲皆以姬年繫之……」（金索 56）。

【時代】春秋早期。

【著錄】集成 695，山東成 245，圖像集成 2906。

【字數】15。

【拓片】

【釋文】魯白（伯）愈父乍（作）鼄（邾）㕟（姬）𡥂朕羞（羞）鬲，甘（其）永寶用。

160. 邾友父鬲（鼄友父鬲）

【出土】2007 年 7 月山西某公安局破案所獲，據說出自山東棗莊。

【時代】春秋早期。

【著錄】三代 5.36，從古 7.24；攈古 2 之 2.30.2，愙齋 17.8.1，綴遺 27.29，敬吾下 49.1，周金 2.27.1，大系 221.1，小校 3.79.1，山東存邾 16.1，集成 717，總集 1498，銘文選 495，山東成 249，圖像集成 2943。

【現藏】故宮博物院。

【字數】16。

【拓本】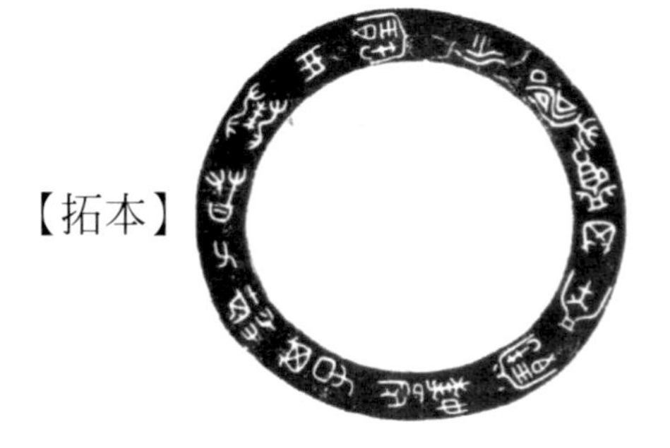

【釋文】鼄（邾）舂（友）父朕（媵）甘（其）子𩠹（胙）嫊（曹）寶鬲，甘（其）𦡶（眉）耆（壽）永寶用。

161. 邾友父鬲（鼄友父鬲）

【出土】2002 年 6 月山東棗莊市山亭區東江春秋小邾國墓地 1 號墓。

【時代】春秋早期。

【著錄】中國歷史文物 2003 年 5 期 65 頁，新收 1094，近出二 92，圖像集成 2938，遺珍 29～30 頁。

【現藏】山東省棗莊市博物館。

【字數】16。

【拓片】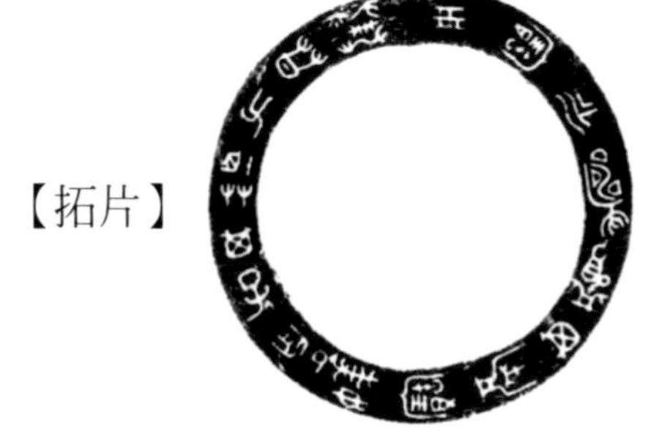

【釋文】鼄（邾）舂（友）父朕（媵）甘（其）子𩠹（胙）嫊（曹）寶鬲，甘（其）𦡶（眉）耆（壽）永寶用。

162. 郳友父鬲（鼄友父鬲）

【出土】2002 年 6 月山東棗莊市山亭區東江春秋小郳國墓地 3 號墓。

【時代】春秋早期。

【著錄】圖像集成 2939。

【現藏】棗莊市博物館。

【字數】16。

【器影】

【拓片】

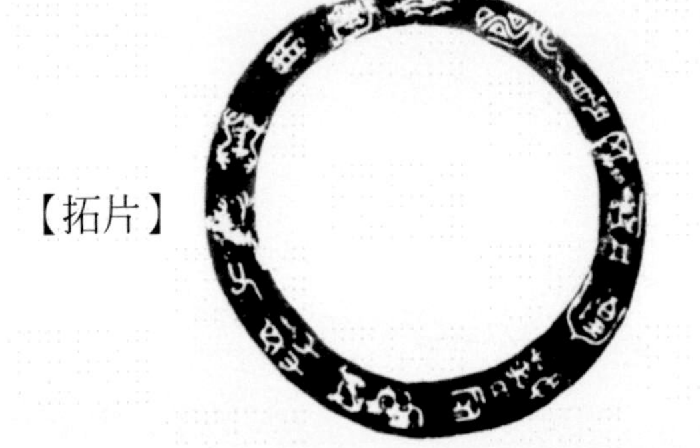

【釋文】鼄（郳）沓（友）父朕（媵）甘（其）子𦣞（胙）嫀（曹）寶鬲，甘（其）覺（眉）耆（壽）永寶用。

163. 郳友父鬲（鼄友父鬲）

【出土】2002 年 6 月山東棗莊市山亭區東江春秋小郳國墓地 3 號墓。

【時代】春秋早期。

【著錄】圖像集成 2940。

【現藏】棗莊市博物館。

【字數】16。

【器影】  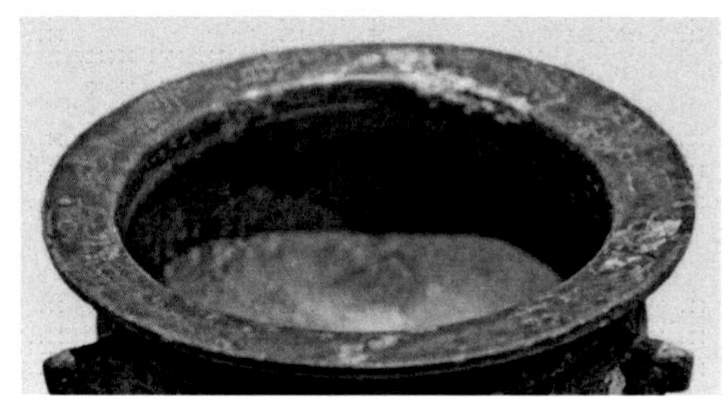

【拓片】未見。

【釋文】鼄（邾）畜（友）父朕（媵）甘（其）子㛸（胙）嫞（曹）寶鬲，甘（其）釁（眉）耆（壽）永寶用。

164. 邾友父鬲（鼄友父鬲）

【出土】2007年7月山西某公安局破案所獲，據說出自山東棗莊。

【時代】春秋早期。

【著錄】圖像集成2941。

【現藏】棗莊市博物館。

【字數】16。

【器影】 

【拓本】 

【釋文】鼄（邾）畜（友）父朕（媵）甘（其）子㛸（胙）嫞（曹）寶鬲，甘（其）釁（眉）耆（壽）永寶用。

165. 倪慶鬲

【出土】2002 年山東省棗莊市山亭區東江古墓羣 2 號墓。

【時代】春秋早期。

【著錄】遺珍 41 頁，文化 40 頁，圖像集成 2866。

【現藏】棗莊市博物館。

【字數】11。

【器影】

【照片】

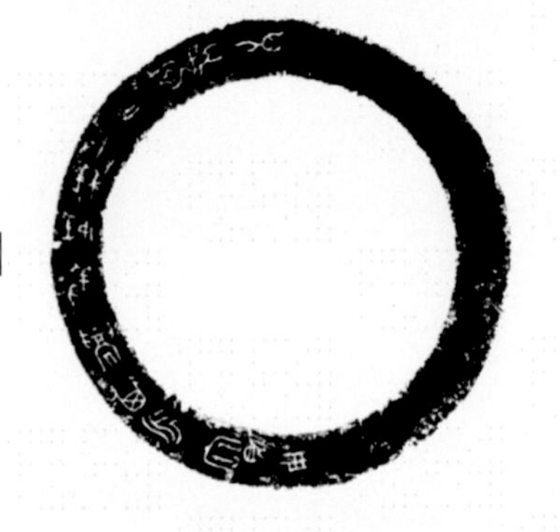

【釋文】兒（倪）慶乍（作）秦妊羞鬲，甘（其）永寶用。

166. 倪慶鬲

【出土】2002 年山東省棗莊市山亭區東江古墓羣 2 號墓。

【時代】春秋早期。

【著錄】圖像集成 2867。

【現藏】棗莊市博物館。

【字數】11。

【器影】

【照片】

【釋文】兒（倪）慶乍（作）秦妊羞鬲，甘（其）永寶用。

167. 倪慶鬲

【出土】2002 年山東省棗莊市山亭區東江古墓羣 3 號墓。

【時代】春秋早期。

【著錄】遺珍 61 頁，文化 41 頁，圖像集成 2868。

【現藏】棗莊市博物館。

【字數】11。

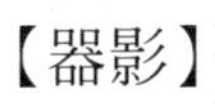【器影】 

【拓片】

【釋文】兒（倪）慶乍（作）秦妊羞鬲，𠀠（其）永寶用。

168. 魯宰駟父鬲

【出土】山東省鄒縣七家峪村。

【時代】春秋早期。

【著錄】總集 1486，考古 1965 年 11 期 546 頁圖 5，銘文選 490，青全 6.65，集成 707，山東成 234。

【現藏】鄒縣文物保管所。

【字數】15。

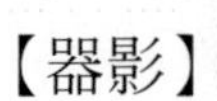

【器影】

【拓片】

【釋文】魯宰駟父乍（作）敀（姬）雔賸（媵）鬲，𠀠（其）萬年永寶用。

傳世鬲

169. 龏作又母辛鬲（亞艅母辛鬲／龏鬲）

【時代】西周早期。

【著錄】山東成 218.2，集成 688，總集 1466，攈古 2.2.32.2，小校 3.70.2，三代 5.30.3，綴遺 27.1.2，殷存上 9.5，韡華乙下 2，山東存下 4.1，圖像集成 2907。

【字數】15（合文 1）。

【拓片】

【釋文】亞艅（俞），龏入（納）鬣玗（于）女（汝）子，用乍（作）又（㸚）母辛隫（尊）彝。

170. 魯侯鬲

【時代】西周晚期。

【著錄】山東成 224，集成 545，總集 1399，希古 3.3.6，貞松 4.5.1，周金 2.84.1，三代 5.17.7，小校 3.57.1，山東存魯 2.2，流散歐 1，圖像集成 2735。

【現藏】美國華盛頓薩克勒美術館。

【字數】6。

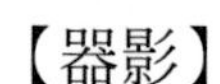

【拓片】

【釋文】魯厌（侯）乍（作）敀（姬）番鬲。

171. 魯侯熙鬲

【出土】1927 年地方軍閥黨玉琨在陝西寶雞縣戴家灣（今屬寶雞市金台區陳倉鄉）盜掘出土。

【時代】西周早期。

【著錄】美集 R442、A123，三代補 442，青全 6.64，斷代〈三〉83 頁圖七，集成 648，彙編 414，銘文選 59，綜覽・鬲八，總集 1465，考古與文物 1991 年 1 期 13 頁圖 8.6，考古學報 1956 年 1 期 83 頁圖 7，山東成 217.2（218.1 重出），圖像集成 2876。

【現藏】美國波斯頓美術博物館。

【字數】13。

【器影】

【拓片】

【釋文】魯医（侯）獄（熙）乍（作）彝，用亯（享）鬻氒文考魯公。

172. 魯姬鬲

【時代】春秋早期。

【著錄】山東成 233，集成 593，總集 1429，三代 5.22.3，山東存魯 2.3，圖像集成 2801。

【字數】8。

【拓片】

【釋文】魯敀（姬）乍（作）尊（尊）鬲，永寶用。

173. 郳䶔鬲／郳伯鬲

【時代】春秋早期。

【著錄】山東成 247，集成 596，總集 1432，山東存邾 16，三代 5.23.2，從古 16.10，攈古 2.1.28.3，窸齋 17.14.1，綴遺 27.28.1，奇觚 8.4.2，周金 2.81.1，簠齋 3 鬲 3，小校 3.61.1，銘文選 833，讀金 130，圖像集成 2813，鬱華 242。

【字數】8。

【拓片】

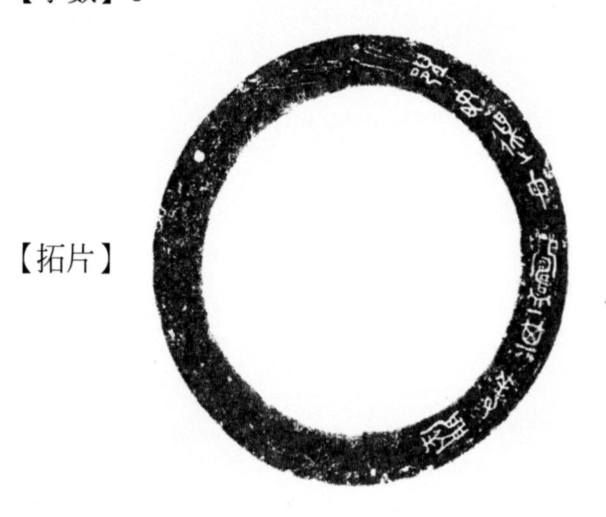

【釋文】郳（郳）故（始）𫠣母鑄（鑄）其羞（羞）鬲。

174. 齊不𧼛鬲

【時代】西周晚期。

【著錄】山東成 235，總集 1478，貞松 4.10，善齋 3.23，小校 3.78.1，三代 5.35.2，山東存齊 11，圖像集成 2926。

【字數】15（重文 2）。

【器影】

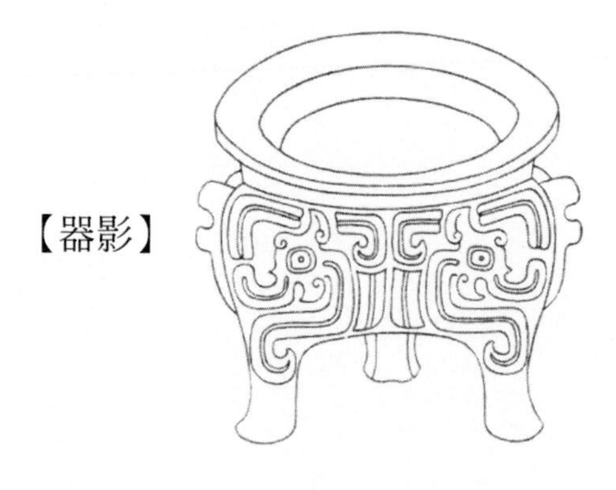

【拓片】

【釋文】旂（齊）不趄乍（作）厌（厌）白（伯）障（尊）鬲，子子孫孫永寶用。

175. 膳夫吉父鬲

【出土】1940 年 2 月陝西扶風縣任家村西周銅器窖藏。

【時代】西周晚期。

【著錄】山東成 231，集成 701，近出 145，海岱考古第 1 輯 321～322 頁圖 2，新出 160，綜覽・鬲 55，圖像集成 2768。

【現藏】濟南市博物館。

【字數】17（重文 2）

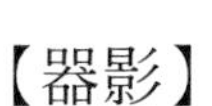
【器影】

【拓片】

【釋文】譱（善－膳）夫吉父乍（作）京攺（姬）彛（尊）鬲，甘（其）子子孫孫永寶用。

176. 寺季鬲（邿季鬲）

【時代】西周晚期。

【著錄】希古 3.8.1，三代 5.37.1，山東存邾 3.2，小校 3.78.2，集成 718，綴遺 27.10，周金 2.72.2，貞松 4.11，總集 1499，山東存邿 3・2，山東成 220，圖像集成 2935。

【現藏】上海博物館。

【字數】16。

【拓片】

【釋文】[illegible]（邿）季乍（作）孟姬寽女遬（達一率）鬲，其萬年子孫用之。

177. 隮子鄭伯鬲（鄭伯鬲）

【時代】春秋早期。

【著錄】三代 5.43.7-8，山東存曾 8.1，集成 742，通考 166，總集 1525，山東成 246，圖像集成 3011。

【字數】22（重文 3）。

【現藏】北京故宮博物院。

【器影】

【拓片】

【釋文】隮（鄐）子子𢍰（奠－鄭）白（伯）乍（作）隮（尊）鬲，其覺（釁－眉）𦔻（壽）萬年無彊（疆），子子孫孫永寶用。

178. 鼄來隹鬲

【時代】春秋早期。

【著錄】貞松 4.7.2-8.1，希古 3.5.3，山東存邾 14，集成 670，三代 5.29.2，總集 1461，山東成 248。

【字數】13。

【拓片】

【釋文】鼄（邾）來隹乍（作）鼑（鼎），甘（其）萬年覺（釁－眉）𦔻（壽）無彊（疆）用。

179. 陳侯鬲

【時代】春秋早期。

【著錄】周金 2 補 25.1，集成 705，山東成 238，圖像集成 2976。

【字數】17（重文 2）。

【拓片】

【釋文】陳厌（侯）乍（作）畢季媯媵鬲，甘（其）萬年子子孫孫永用。

180. 陳侯鬲

【時代】春秋早期。

【著錄】周金 2 補 25.2，集成 706，山東成 239，圖像集成 2975。

【現藏】中國國家博物館。

【字數】17（重文 2）。

【拓片】

【釋文】陳厌（侯）乍（作）畢季媯媵鬲，甘（其）萬年子子孫孫永用。

181. 鄭叔蒦父鬲

【時代】春秋早期。

【著錄】集成 579，三代 5.21.3，積古 7.22.3，攈古 2.1.13.2，總集 1425，山東成 232（摹本），圖像集成 2783。

【現藏】上海博物館。

【字數】7。

【拓片】

【釋文】奠（奠－鄭）弔（叔）蒦父乍（作）羞（羞）鬲。

182. 鼄伯鬲

【時代】春秋早期。

【著錄】山東成 219，集成 699，總集 1476，三代 5.34.3，攈古 2.2.17.2-18.1，窸齋 17.8.2，大系 221.2，山東存邾 1-2，小校 3.75.1，銘文選 494，綜覽・鬲 89，青全 6.74，通考 165，圖像集成 2909。

【現藏】中國國家博物館。

【字數】15（重文 2）。

【器影】

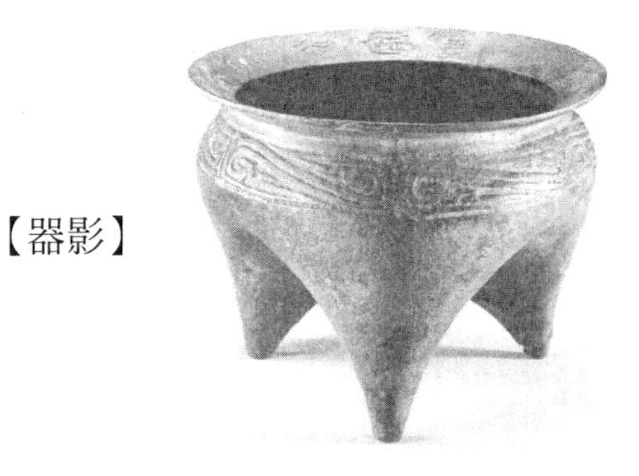

【拓片】

【釋文】鼄（邾）白（伯）乍（作）塍（媵）鬲，𠀠（其）萬年子子孫孫永寶用。

三、甗

183. 甗

【出土】1963 年山東蒼山縣東高堯村窖藏。

【時代】商代晚期。

【著錄】文物 1965 年 7 期 27 頁圖 1.6，海岱 171.4，綜覽．甗 5，山東成 250.2，集成 784，總集 1547，圖像集成 3120。

【現藏】臨沂市博物館。

【字數】1。

【器影】

【拓片】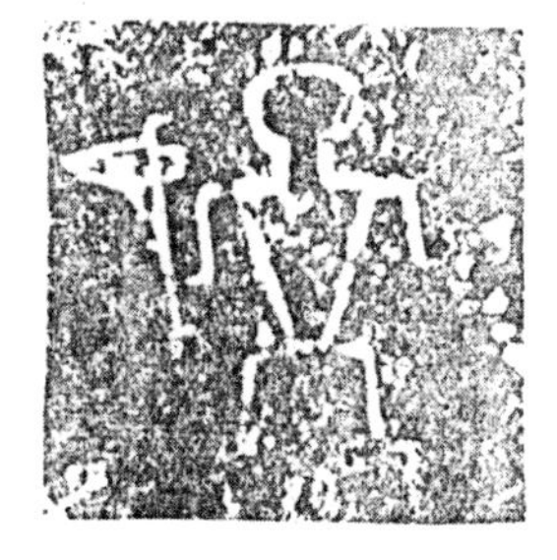

【釋文】。

184. 戲𦏁甗

【出土】傳 1981 年山東費縣出土，1981 年北京市文物工作隊從廢銅中揀選。

【時代】商代晚期。

【著錄】文物 1982 年 9 期 41 頁圖 33 右（誤為卣），集成 796，山東成 250.1，圖像集成 3142。

【現藏】北京市文物工作隊。

【字數】2。

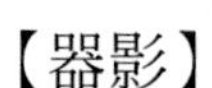
【器影】

【拓片】

【釋文】戲𦏁。

185. 典甗

【出土】1983 年 12 月山東壽光縣古城公社古城村商代晚期墓葬。

【時代】商代晚期。

【著錄】文物 1985 年 3 期 2 頁圖 3.2，近出 148，新收 1120，山東成 251，圖像集成 3119。

【現藏】壽光縣博物館。

【字數】1。

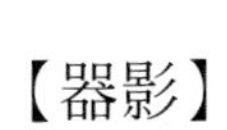
【器影】

【拓片】

【釋文】[illegible]。

186. 史甗

【出土】1994 年山東省滕州市官橋鎮前掌大村商周墓地（M18.43）。

【時代】西周早期。

【著錄】滕州 226 頁圖 159.2，圖像集成 3128。

【現藏】中國社會科學院考古研究所。

【字數】1。

【器影】

【拓片】

【釋文】史。

187. 史甗

【出土】1998 年山東省滕州市官橋鎮前掌大村商周墓地（M120.7）。

【時代】西周早期。

【著錄】滕州 228 頁圖 161.1，圖像集成 3129。

【現藏】中國社會科學院考古研究所。

【字數】1。

【器影】

【拓片】

【釋文】史。

188. 史甗

【出土】1994 年山東省滕州市官橋鎮前掌大村商周墓地（M11.78）。

【時代】西周早期。

【著錄】滕州 228 頁圖 161.2，圖像集成 3130。

【現藏】中國社會科學院考古研究所。

【字數】1。

【器影】

【拓片】

【釋文】史。

189. 太史沓甗（太史友甗）

【出土】十八世紀末山東壽張梁山所出七器之一。

【時代】西周早期。

【著錄】三代 5.8.5，攈古 2 之 1.42.1，綴遺 9.22.1，周金 3.112.6，海外吉 12，小校 3.91.3（小校 3.91.4 重出），斷代 653 頁 72，彙編 502，集成 915，總集 1644，綜覽.甗 42，銘文選 78，鬱華 252.1，國史金 1617（誤為簋），山東成 253，圖像集成 3305。

【字數】9。

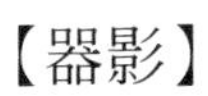
【器影】

【拓片】

【釋文】大史沓（友）乍（作）䀇（召）公寶隮（尊）彝。

190. 遹甗

【出土】《山東存》云：光緒二十二年同遹鼎出土於山東黃縣之萊陰。

【時代】西周中期。

【著錄】三代 5.12.2，周金 2.31.1，貞松 4.21.1，希古 3.10.3，大系 32a，海外吉 14，小校 3.12.2，山東存下 12.3，斷代 659 頁 48，彙編 174，集成 948，總集 1666，綜覽.甗 49，銘文選 183，國史金 2450，山東成 254，圖像集成 3359。

【現藏】日本京都泉屋博古館。

【字數】38（重文 1）。

【器影】

【拓片】

【釋文】隹（唯）六月既死霸丙寅，師雝（雍）父戍才（在）古𠂤（師），遹從。師雝（雍）父肩史（使）遹事于䚄医（侯），医（侯）蔑遹曆，易（賜）遹金，用乍（作）旅獻（甗）。

191. 作旅彝甗

【出土】1974 年冬山東萊陽縣中荊公社前河前村西周墓。

【時代】西周中期。

【著錄】故宮文物 1993 年總 129 期 10 頁圖 7，近出二 109，海岱 1.15，圖像集成 3202。

【現藏】煙台市博物館。

【字數】殘存 3 字。

【拓片】

【釋文】乍（作）旅彝。

192. 魯仲齊甗

【出土】1977 年山東曲阜縣魯國故城望父臺春秋墓葬（M48.15）。

【時代】春秋早期。

【著錄】青全 6.66，魯城 147 頁圖 93.2，集成 939，銘文選 342，辭典 343，山東成 255，圖像集成 3345。

【現藏】曲阜市文物管理委員會。

【字數】18（重文 2）。

【器影】

【拓片】

【釋文】魯中（仲）齊乍（作）旅獻（甗），甘（其）萬年釁（眉）耊（壽），子子孫孫永寶用。

193. 作旅甗

【出土】1974 年山東萊陽市前河前墓葬。

【時代】西周晚期。

【著錄】山東成 256，海岱 1.13，圖像集成 3321。

【收藏】煙台市博物館。

【字數】約 10（重文 2）。

【拓片】

【釋文】□乍（作）旅□，子子孫孫用□。

194. 齊侯甗

【出土】1996 年 4 月山東莒縣店子集鎮西大莊村西周墓（M1.5）。

【時代】西周晚期。

【著錄】考古 1999 年 7 期 41 頁圖 4.5，新收 1089，山東成 259，圖像集成 3328。

【現藏】莒縣博物館。

【字數】現存 11（重文 2）。

【器影】

【拓片】

【釋文】齊侯乍（作）寶□，子子孫孫永寶用。

195. 楚王領甗

【出土】見於青銅器網，傳山東出土。

【時代】春秋早期。

【著錄】圖像集成 3358。

【現藏】某收藏家。

【字數】36（重文 2）。

【器影】

【拓片】

【釋文】唯八月初吉丁亥，楚王領賸（媵）郐季孎朔母賸（媵）甗，用亯（享）以孝，用旛（祈）萬年釁（眉）壽，子子孫孫永寶用之。

196. 陳樂君𣢕甗

【出土】1994 年春山東海陽縣磐石店鎮嘴子前村春秋墓（M4.87）。

【時代】春秋晚期。

【著錄】考古 1996 年 9 期 4 頁圖 5.5，中原文物 1998 年 1 期 77 頁圖 1，近出 163，新收 1073，故宮文物 1996 年總 165 期 82 頁圖 19，山東成 260，圖像集成 3343。

【收藏】煙台市文物管理委員會。

【字數】17。

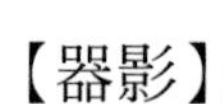

【器影】

【拓片】

【釋文】陳攴（陳）樂君𣢕乍（作）𠀠（其）旅獻（甗），用旂（祈）賫（眉）耆（壽）無強（疆），永用之。

傳世甗

197. 夆伯命甗

【時代】西周早期。

【著錄】故圖下下 12，綜覽．甗 46，貞松 4.19.1，山東存下 10.2，三代 5.6.7，善彝 50，善齋 3.33，小校 3.90.6，集成 894，總集 1621，綜覽．甗 46，國史金 2439，圖像集成 3276，山東成 252。

【現藏】臺北故宮博物院。

【字數】6。

【器影】

【拓片】

【釋文】夆白（伯）命 乍（作）䢅（旅）彝。

198. 陳公子叔原父甗（叔原父甗）

【時代】春秋早期。

【著錄】山東成 257，總集 1667，集成 947，綴遺 9.31.2，三代 5.12.3，攈古 3.1.9，敬吾下 25，周金 2.87.1，大系 203b，小校 3.97，從古 9.4，銘文選 580，韡華乙下 3，圖像集成 3361。

【字數】37（重文 2）。

【拓片】

【釋文】隹（唯）九月初吉丁亥，𨻰（陳）公子子弔（叔）𠀠父乍（作）遮（旅）獻（甗），用徵用行，用𩰫稻（稻）沙（粱），用旂（祈）眉（釁—眉）耆（壽）萬年無彊（疆），子子孫是尚。

四、簋

199. 田父甲簋

【出土】民國七年（1918 年）山東長清縣崮山驛。

【時代】商代晚期。

【著錄】三代 6.11.3，貞松 4.30.2（稱彝），董盦 2，綜覽.簋 60，集成 3142，總集 1850，山東存下 2.2，國史金 1472.2，通鑒 3632，海岱 69.3。

【現藏】日本東京松岡美術館。

【字數】3。

【器影】

【拓片】

【釋文】田父甲。

200. □簋

【出土】1963 年山東蒼山縣東高堯村窖藏。

【時代】西周早期。

【著錄】文物 1965 年 7 期 27 頁圖 1.5，集成 2921，綜覽.簋 8，三代補 852，山東成 263.3，通鑒 3411，海岱 171.1。

【現藏】臨沂市博物館。

【字數】1。

【器影】

【拓片】

【釋文】□。

201. □簋

【出土】1972 年山東濟南市天橋區劉家莊商代墓葬。

【時代】商代晚期。

【著錄】東南文化 2001 年 3 期 26 頁圖 17 右，集成 2931，山東成 263.2，通鑒 3421，海岱 61.2。

【現藏】濟南市博物館。

【字數】1。

【器影】

【拓片】

【釋文】[illegible]。

202. 融簋

【出土】1986 年春山東青州市蘇埠屯商代墓葬（M8.12）。

【時代】商代晚期。

【著錄】海岱考古第 1 輯 264 頁圖 10.4，近出 375，新收 1058，山東成 262.3，通鑒 5034，海岱 32.4。

【字數】1。

【器影】

【拓片】

【釋文】融。

203. 虘龔簋

【出土】傳 1981 年山東費縣出土，1981 年北京市文物工作隊從廢銅中揀選。

【時代】商代晚期。

【著錄】文物 1982 年 9 期 39 頁圖 14，集成 3112，山東成 268.1，通鑒 3602，海岱 139.4。

【字數】2。

【器影】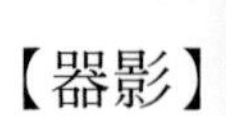

【拓片】

【釋文】㪳（虘）龔。

204. 史簋

【出土】1994 年山東省滕州市官橋鎮前掌大村商周墓地（M21.34）。

【時代】商代晚期。

【著錄】滕州 219 頁圖 153.2，通鑒 5208。

【字數】1。

【器影】

【拓片】

【釋文】史。

205. 夆彝簋

【出土】1979 年山東濟陽縣姜集公社劉台子 2 號西周墓。

【時代】西周早期。

【著錄】文物 1981 年 9 期 20 頁圖 5，集成 3130，總集 1839，山東成 269.3，通鑒 3620，海岱 64.6。

【字數】2。

【器影】

【摹本】

【釋文】夆彝。

206. 夆彝簋

【出土】1982 年冬山東濟陽縣姜集公社劉台子 3 號西周墓。

【時代】西周早期。

【著錄】文物 1985 年 12 期 18 頁圖 8.2，集成 3131，山東成 269.2，通鑒 3621，海岱 64.7。

【字數】2。

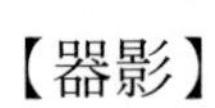

【器影】

【拓片】

【釋文】夆彝。

207. 滕侯簋

【出土】1982 年 3 月山東滕縣姜屯公社莊里西村西周墓葬。

【時代】西周早期。

【著錄】青全 6.78，考古 1984 年 4 期 336 頁圖 8 左，集成 3670，辭典 361，山東成 269.1，通鑒 4160，海岱 153.2。

【字數】8。

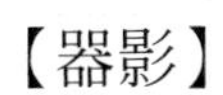
【器影】

【拓片】

【釋文】幐（滕）厌（侯）乍（作）幐（滕）公寶隮（尊）彝。

208. 豐簋

【出土】2008～2009 山東省高青縣花溝鎮陳莊村西周遺址。

【時代】西周早期。

【著錄】考古 2010 年 8 期 33 頁圖 8：1。

【字數】9。

【拓片】

【釋文】豐啟（肇）乍（作）氒且（祖）甲寶隮（尊）彝。

209. 引簋（申簋）

【出土】2008～2009 山東省高青縣花溝鎮陳莊村西周遺址。

【時代】西周中晚期。

【著錄】管子學刊 2015 年 3 期，海岱 37.6，圖像集成 5299。

【現藏】上海博物館。

【字數】73（合文 3，重文 2）。

【器影】

【拓片】

【釋文】隹（唯）正月壬申，王各于龏大（太）室。王若曰：引，余既命女（汝）䨒（更）乃旻（𠭰－祖）䟒（勸－兼）嗣（司）旂（齊）自（師）。余唯醽（紳－申）命女（汝），易（賜）女（汝）彤（彤弓）一、矤（彤矢）百、馬亖（四匹）。敬乃御，母（毋）敗[illegible]（跡）。引𩒨（拜）䭫首，㚔（對）䚄（揚）王休。同[illegible]追孚兵，用乍（作）幽公寶𣪘（簋），子子孫孫寶用。

210. 齊仲簋

【出土】1962 年山東招遠縣蠶莊公社曲城村。

【時代】西周早期。

【著錄】考古 1994 年 4 期 377 頁圖 1，故宮文物 1993 年總 129 期 12 頁圖 11，古研 19 輯 78 頁圖 2.7，近出 421，新收 1034，山東成 319，通鑒 4888。

【字數】5。

【器影】

【拓片】

【釋文】亝（齊）中（仲）乍（作）寶毀（簋）。

211. 新𩁹簋

【出土】1978 年山東滕縣莊里西村。

【時代】西周早期。

【著錄】文物 1979 年 4 期 89 頁圖 4，集成 3439，總集 2146，山東成 276.1，通鑒 3929。

【現藏】山東滕縣博物館。

【字數】5。

【器影】

【拓片】

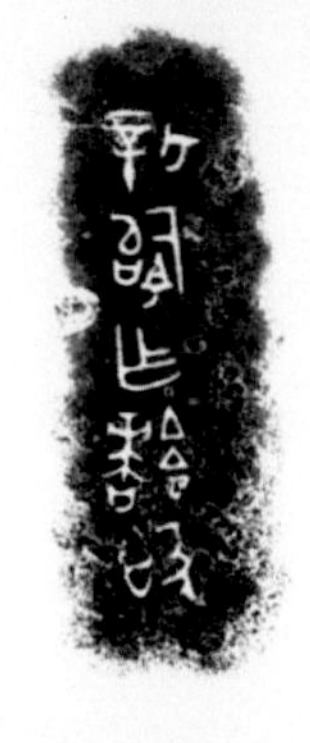

【釋文】新𩰫乍（作）𩛥（𩞁）毀（簋）。

212. 新𩰫簋

【出土】1978 年山東滕縣莊里西村。

【時代】西周早期。

【著錄】集成 3440，山東成 276.2，通鑒 3930。

【現藏】山東滕縣博物館。

【字數】5。

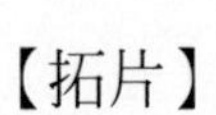

【拓片】

【釋文】新𩰫乍（作）𩛥（𩞁）毀（簋）。

213. 叔京簋

【出土】1980 年山東滕縣莊里西村。

【時代】西周早期。

【著錄】集成 3486，山東成 272，通鑒 3976。

【現藏】山東滕縣博物館。

【字數】5。

【拓片】

【釋文】弔（叔）京乍（作）簟（旅）彝。

214. 辛𩰫簋

【出土】1983 年 4 月山東龍口市中村鎮海雲寺徐家村。

【時代】西周早期。

【著錄】文物 2004 年 8 期 80 頁圖 3，新收 1148，通鑒 5030。

【字數】52（合文 1）。

【器影】

【拓片】

【釋文】唯王十又月（一月），王才（在）限，王子至于�。辛相□賓弔（叔）□茂（啓）戒辛陸乍（作）用休辛相日□弔（叔）□射金辛□□喪□于船宮□。子子孫其□寶。

215. 太保簋

【出土】山東壽張縣梁山下。

【時代】西周早期。

【著錄】三代 8.40.1，攈古 2 之 3.82，愙齋 7.5.1，奇觚 3.32，周金 3.47.1，大系 13.1，小校 8.38.2，山東存下 7.2，考古與文物 1980 年 4 期 27 頁圖 2，集成 4140，總集 2675，銘文選 36，山東成 273，通鑒 4630。

【現藏】美國華盛頓弗里爾美術博物館。

【字數】34。

【器影】

【拓片】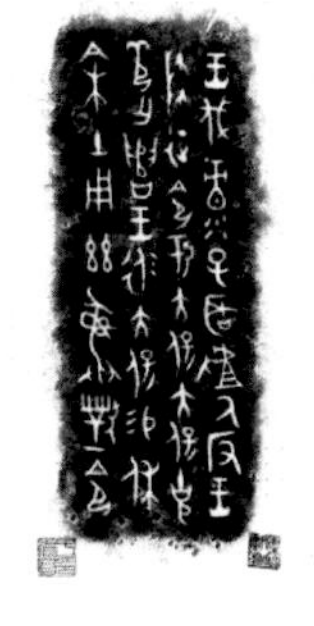

【釋文】王伐彔子耶（聖），𠭰（䖒）氒反。王降征令抒（于）大（太）保。大（太）保克苟（敬）亡曽（遣）。王衍大（太）保，易（賜）休余土，用幺幺（耆）彝對令。

216. [illegible]簋

【出土】山東肥城縣。

【時代】西周早期。

【著錄】愙齋 8.9.1（誤為敦），陶齋 1.48，周金 3.113.7，小校 7.26.2（稱彝），山東存下 3.1，美集 R291，彙編 757，集成 3469，總集 2105，綜覽.簋 165，鬱華 175.2，三代 6.30.1，三代補 291，山東成 271，圖像集成 4157。

【現藏】美國紐約賽克勒氏。

【字數】5。

【器影】

【拓片】

【釋文】[illegible]乍（作）寶（寶）隣（尊）彝。

217. 䰜簋

【出土】1989 年山東滕州莊里西西周墓。

【時代】西周早期。

【著錄】國博館刊 2012 年第 1 期 112 頁圖 34.10，首陽吉金 83，圖像集成 5106。

【現藏】美籍華人范季融先生首陽齋。

【字數】30。

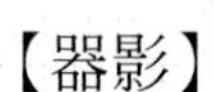

【器影】

【拓片】

【釋文】隹（唯）九月，者（諸）子具（俱）服。公乃令（命）才（在）㕚，曰：凡朕臣興晦。䰜敢對公休，用乍（作）父癸寶隮（尊）彝。

218. 丁兄簋

【出土】1989 年山東滕州莊里西西周墓（M5：2）。

【時代】西周早期。

【著錄】國博館刊 2012 年第 1 期 112 頁圖 33.7。

【字數】2。

【拓片】

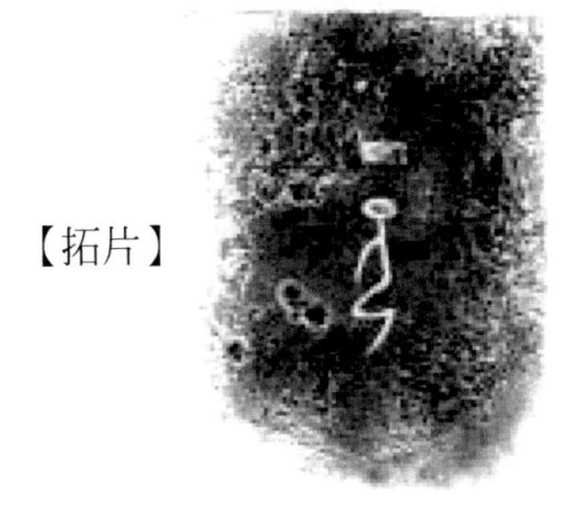

【釋文】丁兄。

219. 子緐父丁簋

【出土】《三代補》云：「傳山東出土。」

【時代】西周早期。

【著錄】集成 3322，總集 2001，三代補 245，通鑒 3812。

【字數】4。

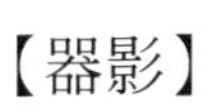

【器影】

【拓片】

【釋文】子緐父丁。

220. 芮公叔簋

【出土】1980 年 9 月山東黃縣（今龍口市）石良鎮莊頭村 1 號西周墓。

【時代】西周早期或中期前段。

【著錄】文物 1986 年 8 期 72 頁圖 13、14，故宮文物 1997 年總 175 期 89 頁圖 25，古研 19 輯 78 頁圖 2.2，近出 446，新收 1101，圖像集成 4501，海岱 1.46。

【現藏】龍口市博物館。

【字數】8（蓋器同銘）。

【器影】

【拓片】

（蓋）

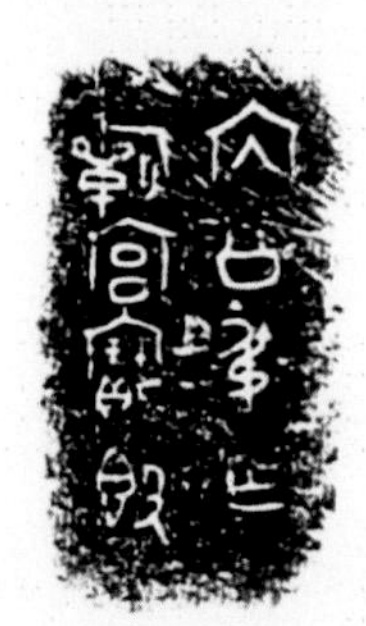

（器）

【釋文】內（芮）公弔（叔）乍（作）旛（祈）宮寶毁（簋）。

221. 叔妃簋器

【出土】1940 年山東肥城喬家莊。

【時代】西周中期。

【著錄】集成 3729，山東成 289，圖像集成 4593。

【收藏】山東省博物館。

【字數】10。

【拓片】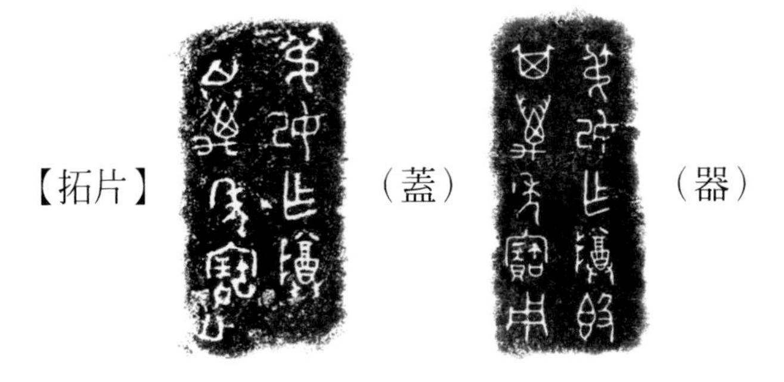（蓋）（器）

【釋文】弔（叔）改（妃）乍（作）隮（尊）毁（簋），甘（其）萬年寶用。

222. 叔妃簋蓋

【出土】1940 年山東肥城喬家莊。

【時代】西周中期。

【著錄】集成 3728。

【收藏】故宮博物院。

【字數】10。

【拓片】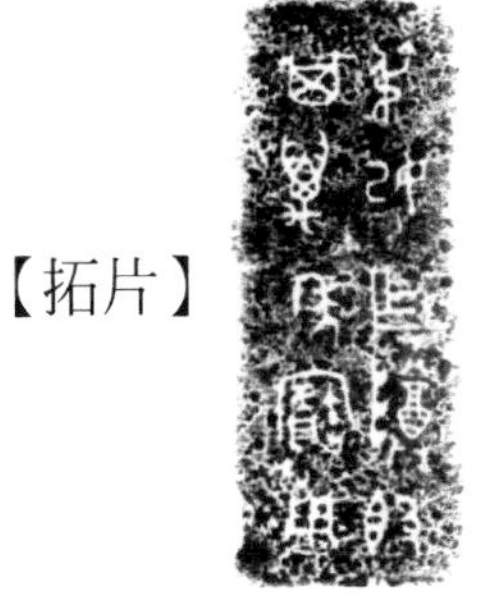

【釋文】弔（叔）改（妃）乍（作）隮（尊）毁（簋），甘（其）萬年寶用。

223. 鑄子叔黑𦣞簋

【出土】清光緒初年山東桓臺縣。

【時代】春秋早期。

【著錄】集成 3944，山東成 308，圖像集成 4853。

【現藏】山東省博物館。

【字數】17。

【拓片】

【釋文】鼄（鑄）子弔（叔）黑臣肈（肇）乍（作）寶𣪘（簋），𠀠（其）萬年𥄳（眉）𦒷（壽）永寶用。

224. 齊巫姜簋

【出土】「是器出青川」（山東存）。

【時代】西周晚期。

【著錄】三代 7.38.2，攈古 2 之 2.29.1（誤為敦），敬吾下 12.2，周金 3.80.4，小校 7.95.3（誤為敦），山東存齊 5.1，集成 3893，總集 2468，銘文選 498，夏商周 391，鬱華 123.1，山東成 310，圖像集成 4801。

【現藏】上海博物館。

【字數】16（重文 1）。

【器影】

【拓片】

【釋文】亝（齊）巫姜乍（作）𨺓（尊）𣪘（簋），其萬年子子孫永寶用亯（享）。

225. 孟𤼈父簋

【出土】民國二十二年（1933 年）春山東滕縣安上村。

【時代】西周晚期。

【著錄】三代 7.34.3-4，山東存邾 4.4-5.1，集成 3960，總集 2443（總集 2444 重出），國史金 1642（器），山東成 298，圖像集成 4788。

【現藏】中國國家博物館。

【字數】16（蓋器同銘，重文 2）。

【拓片】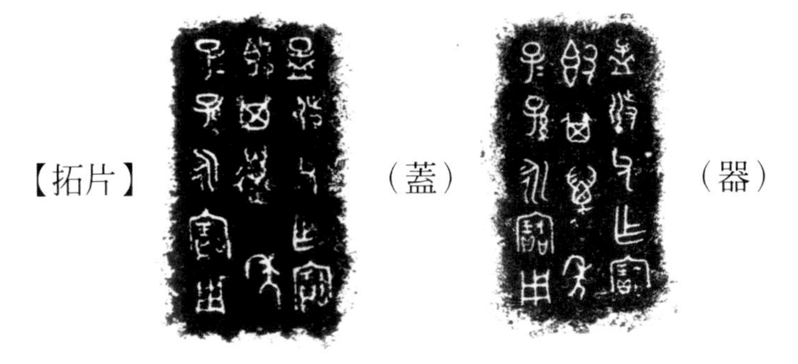（蓋）（器）

【釋文】孟𤼈父乍（作）寶毁（簋），甘（其）邁（萬）年子子孫永寶用。

226. 孟𤼈父簋

【出土】民國二十二年（1933 年）春山東滕縣安上村。

【時代】西周晚期。

【著錄】三代 7.34.5，山東存邾 5.2，集成 3961，總集 2445，山東成 299，圖像集成 4789。

【現藏】中國國家博物館。

【字數】16（重文 2）。

【拓片】

【釋文】孟𤼈父乍（作）寶毁（簋），甘（其）邁（萬）年子子孫永寶用。

227. 孟𢎳父簋

【出土】民國二十二年（1933 年）春山東滕縣安上村。

【時代】西周晚期。

【著錄】三代 7.50.1，山東存邾 4.1，集成 3962，總集 2523，國史金 1669，山東成 300，圖像集成 4790。

【現藏】中國國家博物館。

【字數】16（重文 2）。

【拓片】

【釋文】孟𢎳父乍（作）幻白（伯）玫（妊）賸（媵）𣪘（簋）八，甘（其）萬年子孫永寶用。

228. 孟𢎳父簋

【出土】民國二十二年（1933 年）春山東滕縣安上村。

【時代】西周晚期。

【著錄】三代 7.49.3-2，山東存邾 4.3-2，集成 3963，總集 2522，山東成 301，圖像集成 4791。

【現藏】中國國家博物館。

【字數】18（蓋器同銘，重文 2）。

【拓片】
（蓋）（器）

【釋文】孟𢎳父乍（作）幻白（伯）玫（妊）賸（媵）𣪘（簋）八，甘（其）萬年子孫永寶用。

229. 叔臨父簋

【出土】馮雲鵷得於任城（集成）。徐宗幹部於嘉慶二十三年（1818 年）得於任城（山東成）。

【時代】西周晚期。

【著錄】金索 1.31，集成 3760，山東成 426（摹本，誤爲敦），通鑒 4250。

【現藏】上海博物館。

【字數】13（重文 2）。

【拓片】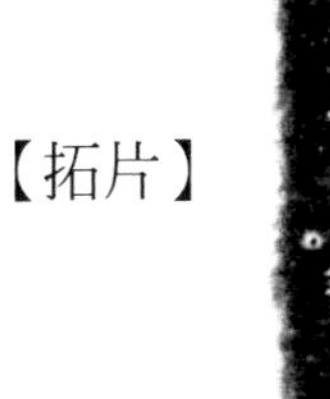

【釋文】弔（叔）臨父乍（作）寶毁（簋），甘（其）子子孫孫永用。

230. 蔡姞簋（尨姞彝）

【出土】山東蓬萊縣。

【時代】西周晚期。

【著錄】三代 6.53.1，窸齋 11.22.1（誤爲敦），奇觚 5.18，周金 3.105.2，大系 192，小校 7.49.1（稱彝），山東存下 11.1，集成 4198，總集 2727，銘文選 331，鬱華 118.1，山東成 313，圖像集成 5216。

【字數】50（重文 2）。

【拓片】

【釋文】蔡𡚾（姞）乍（作）皇兄尹弔（叔）隮（尊）𩰫彝。尹弔（叔）用妥（綏）多福于皇考德尹、叀㛄（姬），用㫄（祈）匄釁（眉）耇（壽），綽綰（綰）永令（命），彌（彌）氒生，霝（令）冬（終）。𠀠（其）萬年無強（疆），子子孫孫永寶用亯（享）。

231. 不嬰簋（不其簋）

【出土】1980年山東滕縣後荊溝西周殘墓。

【時代】西周晚期。

【著錄】文物1981年9期26頁圖三，集成4328，總集2853，辭典397，山東成302，圖像集成5387。

【收藏】藤縣博物館。

【字數】150（蓋器同銘，重文2）。

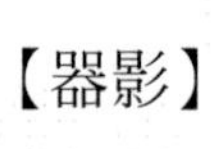
【器影】

【拓片】

【釋文】唯九月初吉戊申，白氏曰：不嬰（其），駿（馭）方厰（玁）妥（狁）廣伐西賒（俞），王令我羌（羞）追于西，余來䢜（歸）獻（獻）禽。余命女（汝）迎（御－馭）追于畧。女（汝）㠯（以）我車宕（宕）伐厰（玁）妥（狁）于高陶。女（汝）多斱（折）首䝨（執）𬎆（訊）。戎大同從追女（汝），女（汝）彶（及）戎大𦎫。女（汝）休，弗㠯（以）我車圅（陷）于囏（艱）。女（汝）多禽斱（折）首䝨（執）𬎆（訊）。白氏曰：不嬰（其），女（汝）孛（小子），女（汝）肈（肇）誨（敏）于戎工（功）。易女（汝）弓一、矢束、臣五家、田十田，用從乃事。不嬰（其）𢷎（拜）䭫手（首）休，用乍（作）朕皇且（祖）公白孟攷（姬）障（尊）毁（簋），用匄多福，釁（眉）耆（壽）無彊（疆），永屯（純），霝（令）冬（終）。子子孫孫其永寶（寶）用亯（享）。

232. 單簋

【出土】1986 年 6 月山東黃縣（今龍口市）石良鎮東營周家西周墓（M1：8）。

【時代】西周晚期。

【著錄】海岱考古第 1 輯 315 頁圖 2：2，近出 452，新收 1098，山東成 318，圖像集成 4614。

【收藏】山東省龍口市博物館。

【字數】11。

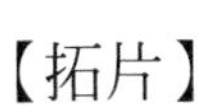

【釋文】乍（作）朕寶毁（簋），甘（其）萬年永寶用。單。

233. 單簋

【出土】1986 年 6 月山東黃縣（今龍口市）石良鎮東營周家村西周墓（M1：8）。

【時代】西周晚期。

【著錄】故宮文物 1997 年 175 期 90 頁圖 31，古研 19 輯 78 頁圖 2：8，圖像集成 4613，近出二 407。

【收藏】山東省龍口市博物館。

【字數】11。

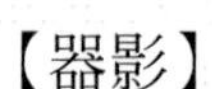
【器影】

【拓片】

【釋文】乍（作）朕寶毀（簋），甘（其）萬年永寶用。單。

234. 杞伯每亡簋

【出土】《山東存》云：「道光、光緒間出土於新泰縣」。

【時代】春秋早期。

【著錄】三代 7.41.2，攈古 2 之 2.45.1 前（誤爲敦），周金 3.82.1，山東存杞 3.1，大系 232.3，集成 3897，總集 2488，山東成 323，圖像集成 4856。

【現藏】中國國家博物館。

【字數】17（重文 2）。

【器影】

【拓片】

【釋文】杏（杞）白（伯）每亡乍（作）鼄（邾）㜕寶𩛥（簋），子子孫孫丞（永）寳（寶）用亯（享）。

235. 杞伯每亡簋

【出土】《山東存》云：「道光、光緒間出土於新泰縣」。

【時代】春秋早期。

【著錄】三代 7.41.3（器），三代 7.42.1（蓋），攈古 2 之 2.43.1 後（器，誤爲敦蓋），攈古 2 之 2.44.1（蓋，誤爲敦器），周金 3.83.1-2，小校 7.98.2（誤爲敦），大系 233.3-4，山東存杞 2.2、4.2，集成 3898，總集 2489，鬱華 109.2-3，國史金 1657（蓋），山東成 325-6，圖像集成 4857。

【字數】17（蓋器同銘，重文 2）。

【拓片】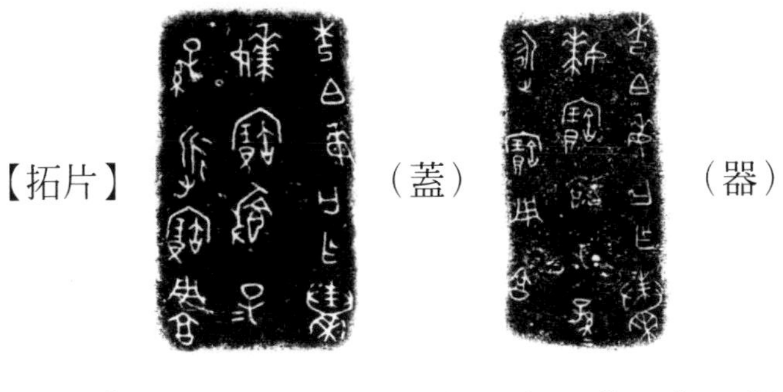

（蓋）　（器）

【釋文】杏（杞）白（伯）每亡乍（作）鼄（邾）㜕寶𩛥（簋），子子孫孫丞（永）寳（寶）用亯（享）。

236. 杞伯每亡簋蓋

【出土】《山東存》云：「道光、光緒間出土於新泰縣」。

【時代】春秋早期。

【著錄】三代 7.43.1，小校 7.97.2（誤爲敦），山東存杞 3.2，大系 233.2，集成 3899.2，總集 2490.1，夏商周 448.2，愙齋 10.11.1（誤爲敦），攈古 2 之 2.43.1 前（誤爲敦器），鬱華 109.1，山東成 327，通鑒 4391。

【現藏】上海博物館。

【字數】16（重文 1）。

【器影】

【拓片】

【釋文】杏（杞）白（伯）每亡乍（作）鼀（邾）嫀寶殷（簋），子子孫孫羕（永）寶用亯（享）。

237. 杞伯每亡簋蓋

【出土】《山東存》云：「道光、光緒間出土於新泰縣」。

【時代】春秋早期。

【著錄】三代 7.43.2，攈古 2 之 2.45.1 後（誤爲敦），周金 3.82.2，貞松 5.19.2，大系 232.4，山東存杞 5.2，集成 3900，山東成 324，圖像集成 4859。

【字數】16（重文 1）。

【拓片】

【釋文】杏（杞）白（伯）每亡乍（作）鼄（邾）嫀寶設（簋），子子孫孫𣱼（永）寶用亯（享）。

238. 杞伯每亡簋

【出土】《山東存》云：「道光、光緒間出土於新泰縣」。

【時代】春秋早期。

【著錄】三代 7.42.2（器），三代 7.44.1（蓋），攈古 2 之 2.44.1 後（蓋，誤爲敦），愙齋 10.12.1（蓋，誤爲敦），愙齋 10.11.2（器，誤爲敦），周金 3.82.3-4，小校 7.98.1（誤爲敦），小校 7.97.3（誤爲敦），山東存杞 4.1，山東存杞 5.1，大系 232.2，大系 233.1，彙編 342，集成 3901（蓋），集成 3899.1（器），總集 2491，總集 2490.2，綜覽.簋 133，青全 9.81，銘文選 802，夏商周 448.1，鬱華 108.1（蓋），山東成 328（器），山東成 329（蓋），圖像集成 4854。

【現藏】上海博物館。

【字數】17（蓋器同銘，重文 2）。

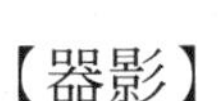

【器影】

【拓片】 

【釋文】杏（杞）白（伯）每亡乍（作）鼀（邾）�寶𣪕（簋），子子孫孫永寶（寶）用亯（享）。

239. 魯伯大父作季姬簋（魯伯大父簋）

【出土】1970 年山東歷城北草溝。

【時代】春秋早期。

【著錄】文物 1973 年 1 期 64 頁圖 2，集成 3974，總集 2528，銘文選 483，辭典 638，山東成 337，圖像集成 4863。

【現藏】山東省博物館。

【字數】18。

【器影】 

【拓片】 

【釋文】魯白（伯）大父乍（作）季敀（姬）歒賸（媵）𣪘（簋），甘（其）萬年釁（眉）耇（壽），永寶用。

240. 曹伯狄簋

【出土】1965年以前山東某地出土。

【時代】春秋。

【著錄】文物1980年5期67頁，集成4019，總集2581，山東成343，通鑒4509。

【現藏】天津市歷史博物館。

【字數】22字（重文2）。

【拓片】

【釋文】朁（曹）白（伯）狄乍（作）□㚸□隮（尊）毀（簋），甘（其）萬年賫（眉）耋（壽），子子孫孫永寶用亯（享）。

傳世簋

241. 明公簋（魯侯尊／周魯侯彝／魯侯簋）

【時代】西周早期。

【著錄】集成4029，總集4860，三代6.49.2，西清13.8（13.9？），貞松7.17，周金5.8，小校5.35.1，山東存魯1.1，大系4，通考301，斷代11，韡華戊上6，銘文選58，青全6.71，辭典449，夏商周254。

【現藏】上海博物館。

【字數】22。

【器影】

【拓片】

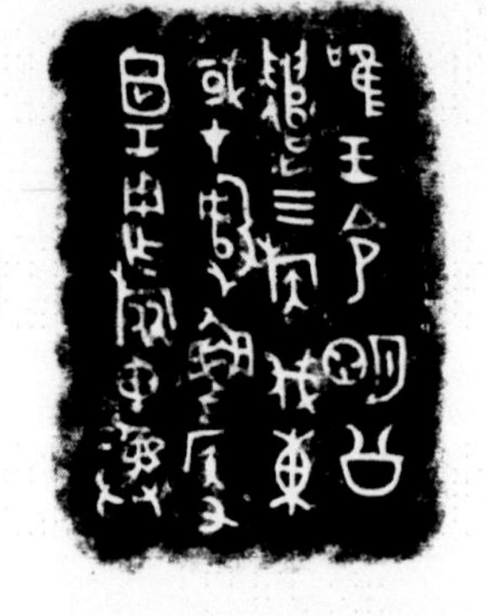

【釋文】唯王令朙（明）公遣（遣）三族伐東或（國），才（在）[illegible]。魯医（侯）又（有）囚工（功），用乍（作）肇（旅）彝。

242. 龔作父辛簋

【出土】畢良史得之於盱眙榷場。

【時代】商。

【著錄】博古 8.9，薛氏 21.1，嘯堂 24，集成 3434（集成 5171 誤爲卣，重出），復齋 26.3，積古 1.31.2，山東成 448（誤爲卣）。

【字數】5。

【拓片】

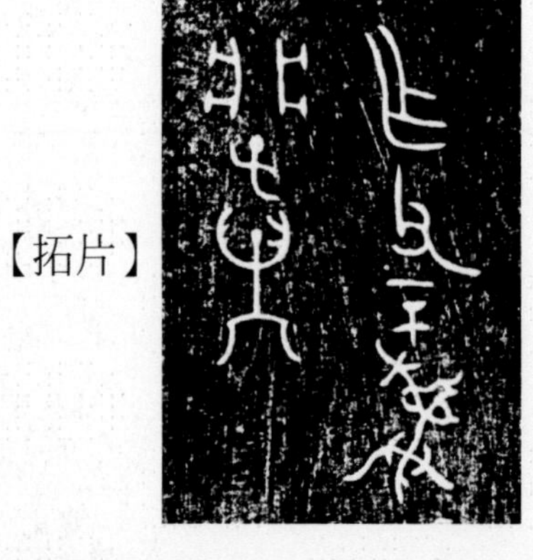

【釋文】乍（作）父辛彝。龔。

243. 乙魚簋

【時代】商。

【著錄】集成 3063。

【現藏】山東省博物館。

【字數】2。

【拓片】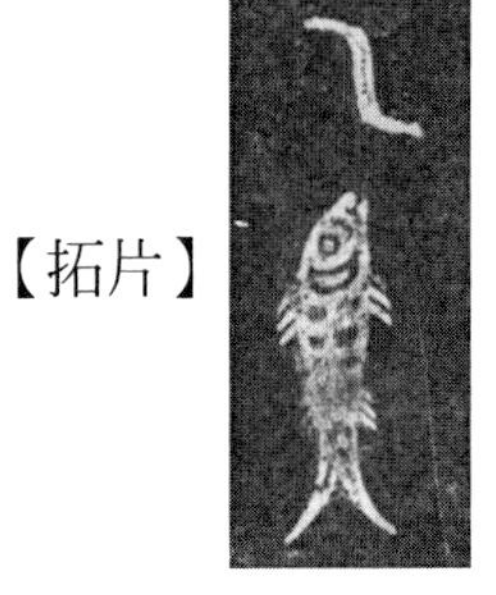

【釋文】乙魚。

244. 子刀糸T簋（孫T力簋）

【時代】商代晚期。

【著錄】故宮文物 2001 年 2 月 18 卷 11 期（總 215 期）114～133 頁，新收 1504，近出二 366，山東成 264.2，圖像集成 4003。

【現藏】山東省博物館。

【字數】4。

【器影】

【拓片】

【釋文】子刀糸T。

245. 京父己簋

【時代】商。

【著錄】集成 3193，山東成 265.1。

【現藏】山東省博物館。

【字數】3。

【拓片】

【釋文】□（京）父己。

246. 亞盉父丁𠑹簋（亞盉父丁簋）

【時代】商晚期。

【著錄】海岱考古第 1 輯 321 頁圖 1・3，新收 1528，近出 417，新出 495，山東成 265.2，圖像集成 4137。

【現藏】濟南市博物館。

【字數】5。

【器影】

【拓片】

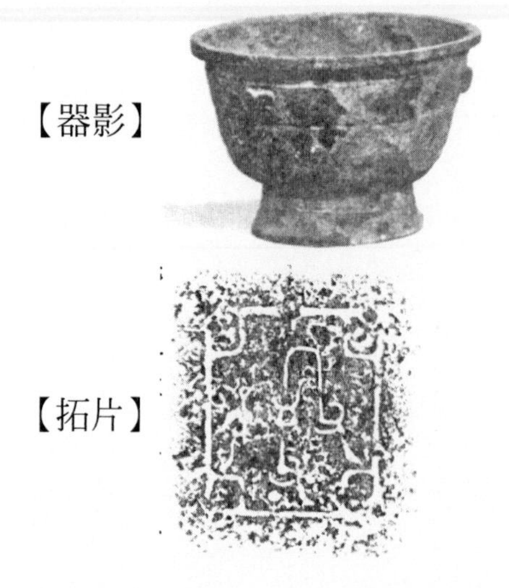

【釋文】亞□（盉）父丁，隻。

247. 弔簋（叔簋）

【時代】商晚期。

【著錄】故宮文物 2001 年 02 月 18 卷 11 期（總 215 期）129 頁圖 17，新收 1502，近出二 345 ，山東成 266，圖像集成 3419。

【現藏】山東省博物館（館藏號 6.1279）。

【字數】1。

【器影】

【拓片】

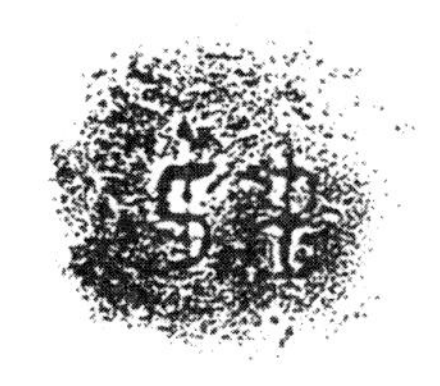

【釋文】㣈（弔）。

248. 鬓𢀛簋

【出土】1934～1935 年安陽市侯家莊西北崗 1601 號墓。

【時代】商。

【著錄】集成 3114，古器物 5R1078，錄遺 120，綜覽・簋 73，總集 1833，山東成 267，圖像集成 3635。

【現藏】臺北中研院歷史語言研究所。

【字數】2。

【器影】

【拓片】

【釋文】兾[illegible]。

249. 子盥簋

【時代】商。

【著錄】山東成 267.2。

【現藏】山東省博物館。

【字數】2。

【拓片】

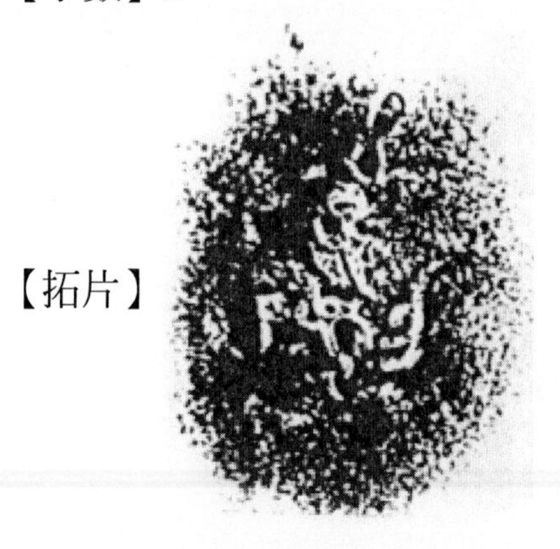

【釋文】子盥。

250. 父戊簋

【時代】西周早期。

【著錄】三代 6.7.3，殷存上 15.7（稱彝），文物 1964 年 4 期 52 頁圖 2，集成 3055，總集 1795（1796 重出），山東成 268.2，圖像集成 3702。

【現藏】青島市博物館。

【器影】

【字數】2。

【拓片】

【釋文】父戊。

251. 禽簋

【時代】西周早期。

【著錄】從古 10.30，小校 7.45.1，大系 4，周金 3.108.2，敬吾下 42.2，攈古 2.3.22（稱彝），貞松 3.18.1（誤爲鼎），積古 5.28，三代 6.50.1，清愛 10，銘文選 27，綜覽・簋 159，辭典 366，斷代 13，韓華己八，集成 4041，總集 2585，辭典 366，山東成 270，圖像集成 4984。

【現藏】中國國家博物館。

【字數】23。

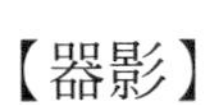

【器影】

【拓片】

【釋文】王伐禁侯，周公某禽祝，禽又𠬝祝，王易金百寽，禽用乍寶彝。

252. 臣槲殘簋

【時代】西周早期。

【著錄】山東存下 7，集成 3790，小校 7.39.5（稱彝），周金 3.111.1，三代 6.45.6，銘文選 37，韡華 6，總集 2388，山東成 275，圖像集成 4672。

【現藏】北京故宮博物院。

【字數】13。

【拓片】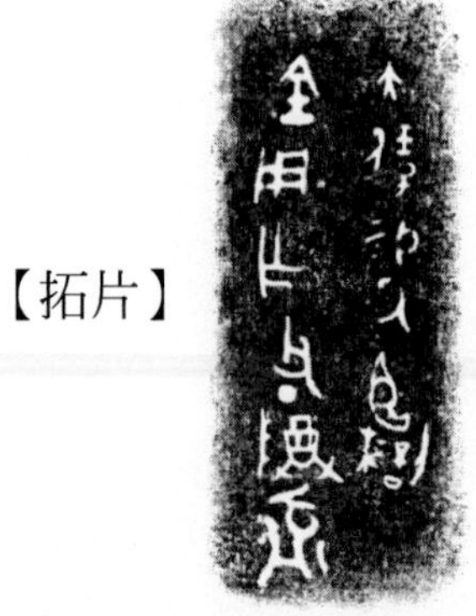

【釋文】大俘（保）易（賜）乎臣槲金，用乍（作）父丁隮（尊）彝。

253. 燕侯簋

【時代】西周早期。

【著錄】海岱考古 321 頁圖 1.2，集成 3614，山東成 277，近出 437，圖像集成 4440。

【現藏】濟南市博物館。

【字數】7。

【器形】

【拓片】

【釋文】匽（燕）厌（侯）乍（作）攺（姬）承隮（尊）彝。

254. 驫作從簋（馬天豕簋）

【時代】商或西周早期。

【著錄】善彝 60，善齋 8.32，集成 3458，貞續上 35.1，三代 6.26.2，小校 7.23.6（稱彝），續殷上 41.5，通考 230，總集 2041，國史金 1490，山東成 278，圖像集成 4349。

【字數】4。

【器影】

【拓片】 

【釋文】乍（作）從簋，騳。

255. 騳作從簋

【時代】商或西周早期

【著錄】續殷上 41.6，集成 3459，故圖下下 142，小校 7.23.7（稱彝），善齋 8.31，貞松上 35.2，三代 6.26.3，善彝 59，總集 2042，綜覽·簋 304，山東成 279，圖像集成 4350。

【現藏】臺北故宮博物院。

【字數】4。

【器影】 

【拓片】 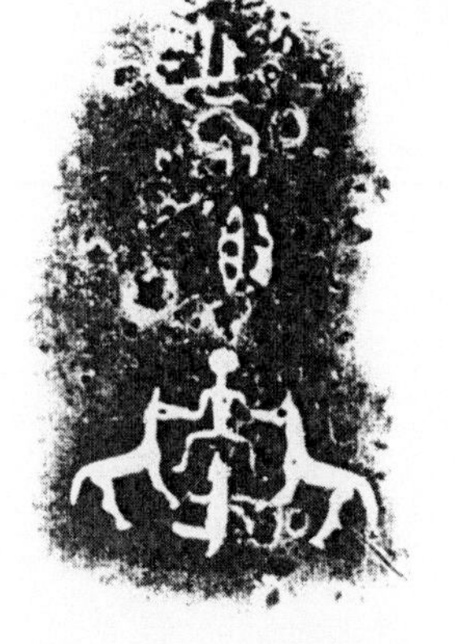

【釋文】乍（作）從簋騳。

256. 小臣傳簋（師田父敦／傳卣）

【時代】西周早期。

【著錄】集成 4206（拓本），總集 5506（誤爲卣），三代 8.52.1，積古 6.12，攈古 3.1.37，愙齋 13.11（誤爲尊），綴遺 17.28（作尊），周金 5.80（作卣），小校 5.39.2（誤爲尊），山左 1.12（作敦），銘文選 117，山東成 280（436 重出摹本，誤爲敦），圖像集成 5226。

【字數】52（合文 2）。

【拓片】

【釋文】隹五月既望甲子，王□京，令師田父殷成周年，師田父令𡧑傳非余，傳□朕考[illegible]，師田父令余□□官伯𠬝父賁，𡧑傳□□伯休，用乍朕考日甲寶。

【備註】綴遺、小校作尊，周金作卣，山左云「形如博古一六・三巳丁敦」，今依此暫定爲𣪘。

257. 豐伯車父簋（豐伯車父敦）

【時代】西周晚期。

【著錄】集成 4107（拓本），攈古 2.3.48-49，敬吾下 13，濟州 1.17（摹本），山東成 425（誤爲敦），圖像集成 5081。

【字數】27。

【拓片】

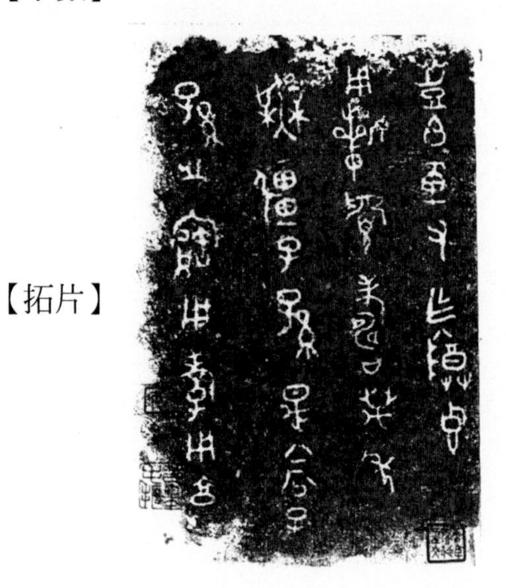

【釋文】豐白（伯）車父乍（作）隮（尊）毁（簋），用旛（祈）覺（眉）耆（壽），萬年無彊（疆），子孫是尚，子孫之寶，用孝用亯（享）。

【備註】王國維疑僞。

258. 叔臨父簋（叔臨敦）

【時代】西周晚期。

【著錄】集成 3760，金索 1.31（金索 1.29），濟州 1.8.2，山東成 426。

【現藏】上海博物館。

【字數】13（重文 2）。

【拓片】

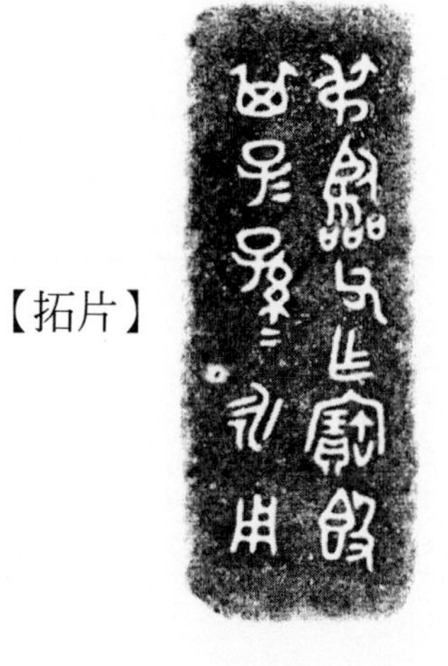

【釋文】弔（叔）臨父乍（作）寶毁（簋），甘（其）子子孫孫永用。

259. 保員簋

【出土】1991 年購於香港古玩肆。

【時代】西周早期。

【著錄】考古 1991 年 7 期 650 頁圖 1，上博刊第 6 輯 150 頁圖 2，近出 484，夏商周 234，新出 572，新收 1442，山東成 281。

【字數】45。

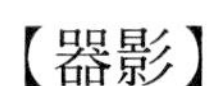 

【拓片】

【釋文】唯王既尞，氒伐東尸，才十又一月，公反自周，己卯，公才虜，保員邐，辟公易保員金車，曰：用事，地于寶簋，用饗公逆洀事。

260. 伯簋

【時代】西周早期。

【著錄】山東成 282，山左 1.2.2，集成 3864。

【現藏】山東曲阜縣文物管理委員會。

【字數】存 15。

【器影】

【拓片】

【摹本】

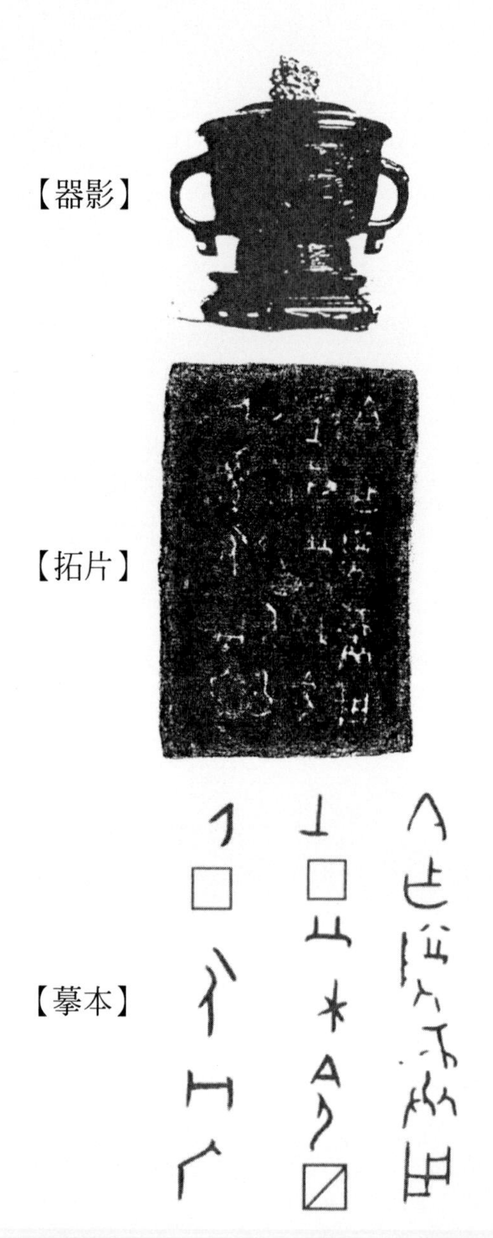

【釋文】伯乍（作）尊彝，用對揚公休令（命），□其萬年用寶。

261. 滕虎簋

【時代】西周中期。

【著錄】三代 7.29.1，夢郼上 27，山東存滕 1.2，小校 7.86.6（誤爲敦），大系 212.1，通考 293，銘文選 338 乙（蓋），綜覽 · 簋 307，集成 3828，總集 2412，山東成 283，圖像集成 4704。

【現藏】北京故宮博物院。

【字數】14。

【器影】 

【拓片】 

【釋文】 縢（滕）虎敢肁（肇）乍（作）氒皇考公命中（仲）寶隮（尊）彝。

262. 滕虎簋

【時代】西周中期。

【著錄】三代 7.29.2，山東存滕 1.3（器），故青 156，銘文選 338 甲（器），集成 3829（器），總集 2412.2，山東成 284（器），圖像集成 4702。

【現藏】北京故宮博物院。

【字數】14。

【器影】 

【拓片】

【釋文】䲨（滕）虎敢肁（肇）乍（作）氒皇考公命中（仲）寶隮（尊）彝。

263. 滕虎簋蓋

【時代】西周中期。

【著錄】三代 7.29.3，雙吉上 27，山東存滕 2.1，大系 211.3，集成 3830，總集 2413，銘文選 338 甲（蓋），山東成 285（蓋），圖像集成 4702。

【現藏】北京故宮博物院。

【字數】14。

【器影】

【拓片】

【釋文】䲨（滕）虎敢肁（肇）乍（作）氒皇考公命中（仲）寶隮（尊）彝。

264. 滕虎簋

【時代】西周中期。

【著錄】大系 211.4，集成 3831，周金 3.110.3，山東存滕 2.2，貞圖上 34，三代 7.29.4，攈古 2.2.5.4（器，稱彝，2.2.4.1 重出蓋），小校 7.40.2（稱彝），總集 2414，通考 293，山東成 286（器），圖像集成 4703。

【字數】14（蓋器同銘）。

【器影】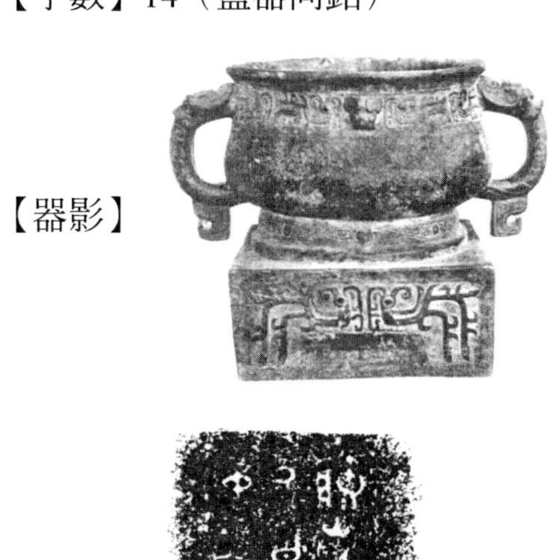

【拓片】（器）

【摹本】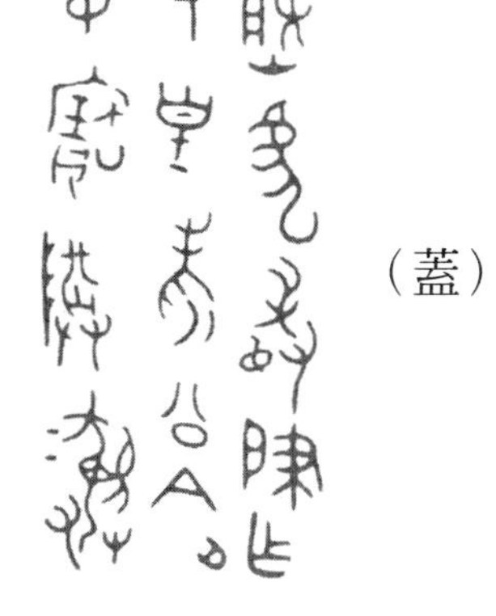（蓋）

【釋文】朕（滕）虎敢肁（肇）乍（作）氒皇考公命中（仲）寶隮（尊）彝。

265. 滕虎簋

【時代】西周中期。

【著錄】貞松 4.45.3（稱彝），小校 7.40.3（稱彝），集成 3832，山東成 287，圖像集成 4705。

【字數】14。

【拓片】

【釋文】媵（滕）虎敢肁（肇）乍（作）氒皇考公命中（仲）寶隮（尊）彝。

266. 己侯貉子簋蓋

【時代】西周中期。

【著錄】小校 8.7.1，集成 3977，大系 234，夢續 20，愙齋 11.25，三代 8.2.2，山東存紀 1，周金 3.74，斷代 90，銘文選 346，通考 308，總集 2533。

【現藏】瑞典斯德哥爾摩遠東古物館。

【字數】19。

【拓片】

【釋文】己（紀）灰（侯）貍（貉）子分己姜寶，乍（作）毁（簋）。己姜石用㝨用匄萬年。

267. 紀侯簋

【時代】西周中期。

【著錄】小校 7.84.1-2（誤爲敦），山東存紀 1.1-2，周金 3.88.3-4，簠齋 3 敦 15，攈古 2.1.82.2-3（誤爲敦），大系 235.2-3，奇觚 3.11.1-3.12.1，愙齋 12.16.1-2，集成 3772，三代 7.27.4-5，從古 15.24，斷代 163 附，銘文選 348，青全 6.86，夏商周 328，讀金 171，總集 2394，山東成 291，圖像集成 4673。

【現藏】上海博物館。

【字數】13（蓋器同銘，重文 1）。

【器影】

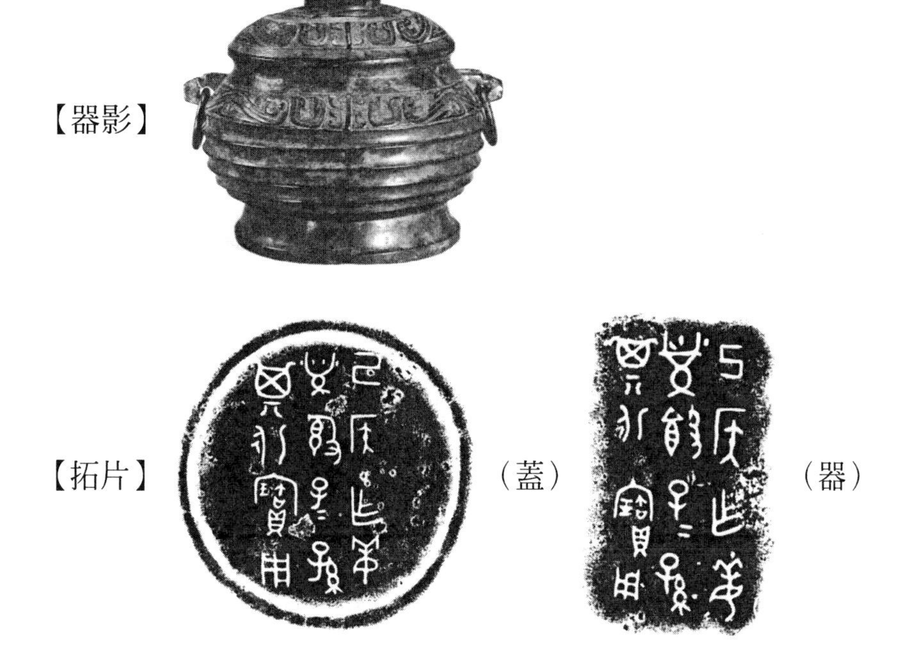

【拓片】（蓋）（器）

【釋文】己（紀）厌（侯）乍（作）姜縈㲃（簋），子子孫其永寶用。

268. 齊史 簋

【時代】西周中期。

【著錄】集成 3740，小校 7.75.2（誤爲敦），貞補上 24，三代 7.20.4（三代 7.20.7），總集 2330，山東成 292.1，圖像集成 4600。

【字數】10。

【拓片】

【釋文】𣃚（齊）史逗乍（作）寶 毁（簋），甘（其）萬年用。

269. 䖒作父辛簋（䖒簋）

【出土】1972 年陝西扶風縣劉家村墓葬。

【時代】西周早期。

【著錄】陝青 3・43，集成 3520，總集 2232（4128 重出），綜覽・簋 194，山東成 292.2（574 爵重出），圖像集成 4281。

【現藏】陝西歷史博物館。

【字數】6。

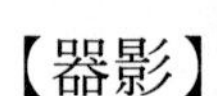【器影】

【拓片】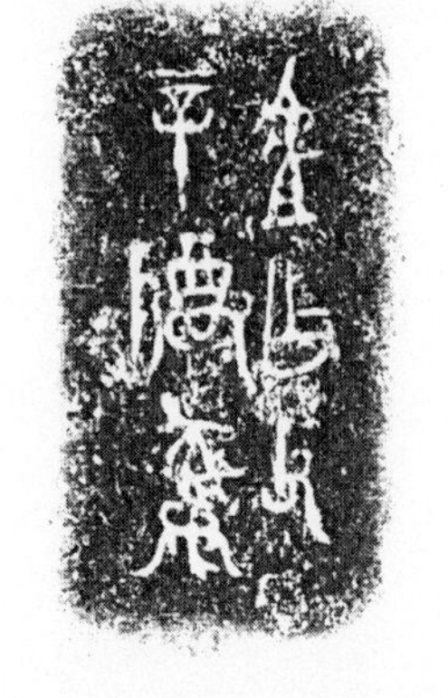

【釋文】䖒乍（作）父辛隮（尊）彝。

270. 頌簋

【時代】西周晚期。

【著錄】金索 1.45.1，集成 4334，清愛 5，小校 8.98.1-2，大系 52，敬吾下 4.1，攈古 3.3.9.1-10.1，三代 9.42.2-9.43.1，周金 3.6.1-2，銘文選 435，辭典 401，山東藏 50，山東萃 116，總集 2846，鬱華 158，山東成 294，圖像集成 5390。

【現藏】山東省博物館。

【字數】152（蓋器同銘，重文 2）。

【器影】

【拓片】

（器）

（蓋）

【釋文】隹（唯）三年五月既死霸甲戌，王才（在）周康卲（昭）宮。旦，王各（格）大室，即立（位）。宰引右頌入門立中廷。尹氏受（授）王令書。王乎（呼）史虢生冊令頌。王曰：頌，令女（汝）官嗣（司）成周賈（貯），監嗣（司）新寤（造），賈（貯）用宮迎（御），易（賜）女（汝）玄衣黹屯（純）赤市朱黃、䜌（鑾）旂、攸勒，用事。頌䢅（拜）䭫首，受令，冊佩㠯（以）出，反（返）入（納）堇（瑾）章（璋）。頌敢對（對）䫉（揚）天子不（丕）顯魯休，用乍（作）朕皇考龏弔（叔）皇母龏始（姒）寶隮（尊）毁（簋），用追孝，旛（祈）匃康䝱屯（純）右（祐）、通（通）彔（祿）、永令。頌甘（其）萬年䰜（眉）耇（壽）無彊（疆），畯（畯）臣天子，霝（令）冬（終）。子子孫孫永寶用。

271. 邿季故公簋（寺季故公簋）

【時代】西周晚期。

【著錄】山東存邿 4.1，集成 3817，大系 222.3，小校 7.92.1 上（誤爲敦），周金 3.84.3，攈古 2.2.13.3，三代 7.33.6，從古 1.18，銘文選 496（蓋），總集 2439，山東成 295，圖像集成 4760。

【字數】15（重文 2）。

【拓片】

【釋文】寺（邿）季故公乍（作）寶毁（簋），子子孫孫永寶用亯（享）。

272. 邿季故公簋

【時代】西周晚期。

【著錄】奇觚 16.29.2，集成 3818，三代 7.33.7，周金 3.84.2，攈古 2.2.13.2，金索 1.47.2，山東存邿 4.2，大系 222.4，積古 6.4，小校 7.92.2，總集 2440，山東成 29，圖像集成 4759。

【現藏】故宮博物院。

【字數】15（重文 2）。

【器影】

【拓片】

【釋文】寺（邿）季故公乍（作）寶毁（簋），子子孫孫永寶用亯（享）。

273. 遣小子䡅簋

【時代】西周晚期。

【著錄】小校 7.85.1，奇觚 16.27.1，山東存邿 6，周金 3.87.2，清儀 1.40，攈古 2.2.7.1，金索 1.48.1，從古 5.14.1（又 12.17.1 重出），三代 7.28.4，積古 6.8.3，集成 3848，愙齋 12.4.3，總集 2410，山東成 297，圖像集成 4728。

【字數】14。

【拓片】

【釋文】趞（遣）小子䡅㠯（以）其友乍（作）䲨男王㪔（姬）𩰫彝。

274. 不其簋蓋

【時代】西周晚期

【著錄】周金 3.1，大系 89，小校 8.101（誤爲敦），夢郼上 34-35，攈古 3.3.20（誤爲敦），從古 10.36，三代 9.48.2，集成 4329，奇觚 4.30，銘文選 441，通考 341，斷代 212，總集 2852，山東成 304-305，圖像集成 5388。

【現藏】中國國家博物館。

【字數】152（重文 3，合文 1）。

【拓片】

【釋文】唯九月初吉戊申，白氏曰：不嬰（其），駭（馭）方厰（玁）妥（狁）廣伐西艅（俞），王令我羗（羞）追于西，余來𩜁（歸）獻（獻）禽。余命女（汝）迎（馭）追于䍧。女（汝）㠯（以）我車宕伐㕙（玁）妥（狁）于高陶。女（汝）多𣧦（折）首𡠒（執）

嗞（訊）。戎大同從追女（汝），女（汝）彶（及）戎大臺戟（搏）。女（汝）休，弗目（以）我車圅（陷）于囏（艱）。女（汝）多禽斱（折）首䵼（執）嗞（訊）。白氏曰：不嬰（其），女（汝）孛（小子），女（汝）肈（肇）誨（敏）于戎工（功）。易女（汝）弓一、矢束、臣五家、田十田，用疌（永）乃事。不嬰（其）拜（拜）韻手（首）休，用乍（作）朕皇且（祖）公白孟㛰（姬）䵼（尊）㱃（簋），用匄多𥚑（福），費（眉）耋（壽）無彊（疆）。永屯（純），霝（令）冬（終）。子子孫孫其永寶（寶）用亯（享）。

275. 筥小子簋

【時代】西周晚期。

【著錄】三代 6.51.2，攈古 2.3.38（誤爲敦），山東存莒 1.2，集成 4036，總集 2609，故青 163，圖像集成 5035，山東成 306，鬱華 124.1。

【現藏】北京故宮博物院。

【字數】24（重文 2，合文 1）

【器影】

【拓片】

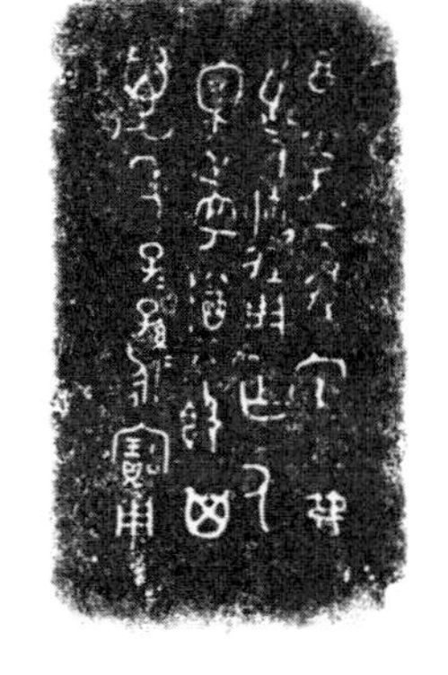

【釋文】筥孛（小子）□守弗受，□用乍（作）氒文考隮（尊）㱃（簋），甘（其）萬年子子孫孫永寶用。

276. 莒小子簋

【時代】西周晚期。

【著錄】集成 4037，山東存莒 1.1，三代 6.51.3，攈古 2.3.38（誤爲敦），銘文選 330，總集 2610，綜覽・簋 277，夏商周 324，山東成 307，圖像集成 5036。

【現藏】上海博物館。

【字數】24（重文 2，合文 1）。

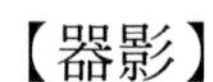

【拓片】

【釋文】筥孨（小子）[illegible]守弗受，[illegible]用乍（作）氒文考隮（尊）毀（簋），甘（其）萬年子子孫孫永寶（寶）用。

277. 齊嫼姬簋

【時代】西周晚期。

【著錄】錄遺 146，集成 3816，總集 2417，山東成 309，圖像集成 4726。

【字數】14（重文 1）。

【拓片】

【釋文】亣（齊）𢿘（嫞）𢿌（姬）乍（作）寶毁（簋），𠀠（其）萬年子孫孫永用。

278. 陳侯簋

【出土】1976年陝西臨潼縣零口公社西段大隊窖藏。

【時代】西周晚期。

【著錄】文物1977年8期5頁圖14，銘文選464，集成3815，總集2401，山東成311，三代補955，陝金1.323，圖像集成4674。

【現藏】西安市臨潼區博物館。

【字數】13。

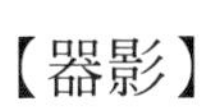【器影】

【拓片】

【釋文】敶（陳）医（侯）乍（作）王媯媵毁（簋），𠀠（其）萬年永寶用。

279. 仲殷父簋

【時代】西周晚期。

【著錄】文物 1964 年 4 期 52 頁圖 3，集成 3969，總集 2541，山東成 312，圖像集成 4909。

【現藏】青島市博物館。

【字數】19（重文 1）。

【器影】

【拓片】

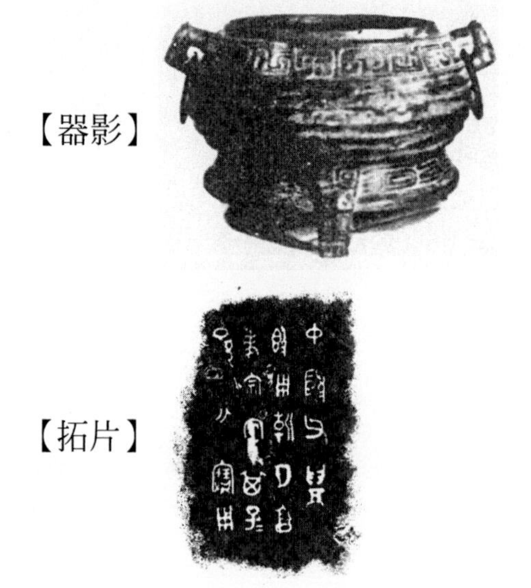

【釋文】中（仲）殷父盨（鑄）㲃（簋），用𣈶（朝）夕亯（享）考（孝）宗室，𠀠（其）子子孫永寶（寶）用。

280. 魯士商䜴簋

【時代】西周晚期。

【著錄】三代 8.32.1，攈古 2.3.56，周金 3.51，山東存魯 19，大系 231，集成 4110，銘文選 488，總集 2647，山東成 314-315，圖像集成 5097。

【字數】28（重文 2）。

【器影】

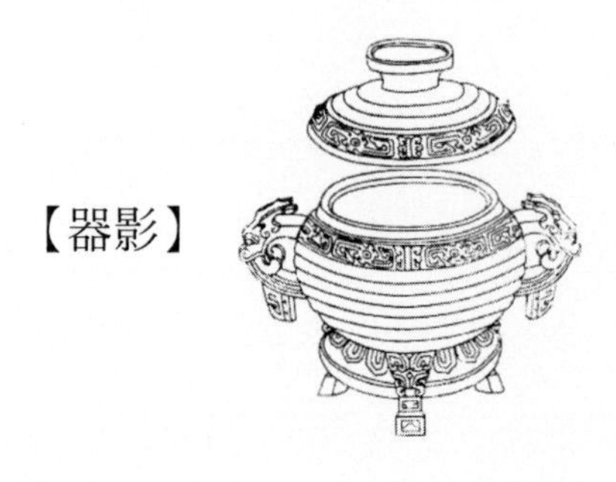

【拓片】

【釋文】魯士商𢓊（𢼄）肇（肇）乍（作）朕皇考弔（叔）猒父隮（尊）𣪕（簋）。商𢓊（𢼄）甘（其）萬年𦣻（眉）壽（壽），子子孫孫永寶用亯（享）。

281. 魯士商𢼄簋

【時代】西周晚期。

【著錄】西清 28.4，集成 4111，山東成 316，圖像集成 5098。

【現藏】故宮博物院。

【字數】28（重文 2）。

【器影】

【拓片】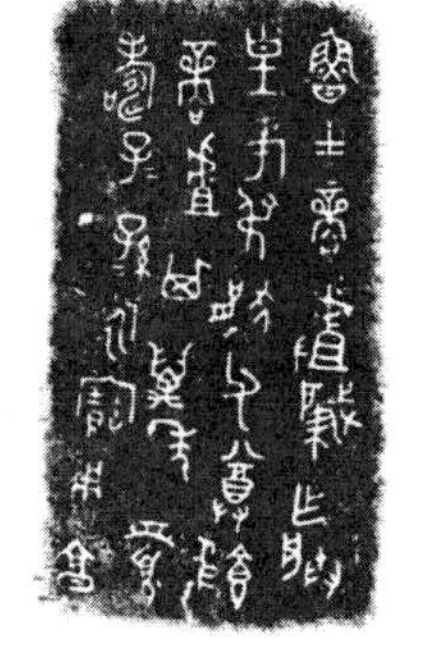

【釋文】魯士商𢓊（𢼄）肇（肇）乍（作）朕皇考弔（叔）猒父䵼（尊）𣪕（簋）。商虘（𢼄）甘（其）萬年𦣻（眉）壽（壽），子子孫孫永寶用亯（享）。

282. 割圅作祖戊簋

【時代】西周早期。

【著錄】夢續 16，集成 3684，彙編 6.504，殷文存上 13.8，攈古 2.1.41.1，筠清 3.45，清愛 15，三代 6.43.1，小校 7.37.3，彙編 6.504，綜覽 1 簋 247，總集 2312，山東成 320。

【現藏】日本東京出光美術館。

【字數】9。

【拓片】

【釋文】割圅乍（作）且（祖）戊寶（寶）障（尊）彝。[illegible]。

283. 亞㠱侯吴父戊簋

【時代】西周早期。

【著錄】三代 7.9.7，集成 3513，總集 2150，續殷上 43.1，國史金 1512.1，山東成 321.1，圖像集成 4328。

【字數】6。

【拓片】

【釋文】亞{㠱医（侯）父戊}。吴。

284. 亞㠱侯吴父己簋

【時代】商。

【著錄】三代 6.27.5，小校 7.24.4（稱彝），續殷上 43.2，集成 10559（稱器），貞松 4.38（稱彝），總集 2151，山東成 321.2，圖像集成 4381。

【字數】6。

【拓片】

【釋文】亞{甘（其）医（侯）}吴父己。

285. 亞㠱侯吴父乙簋

【時代】西周早期。

【著錄】三代 6.32.2，續殷上 42.3，瀓秋 14，西清 13.17，集成 3504，貞松 5.10.4，總集 2148，國史金 1504.2，山東成 322，圖像集成 4380。

【字數】6。

【器影】

【拓片】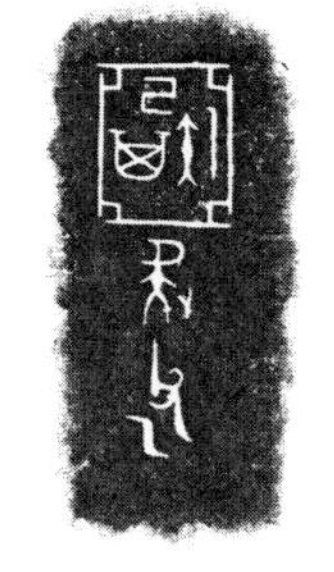

【釋文】亞{㠱医（侯）}吴父乙。

286. 杞伯每亡簋

【時代】春秋早期。

【著錄】青全 6.14（器銘），文物 1962 年 10 期 58 頁〈器〉，集成 3902，總集 2492，圖像集成 4855，山東成 330-331。

【現藏】武漢市文物商店。

【字數】17（重文 2）。

【器影】

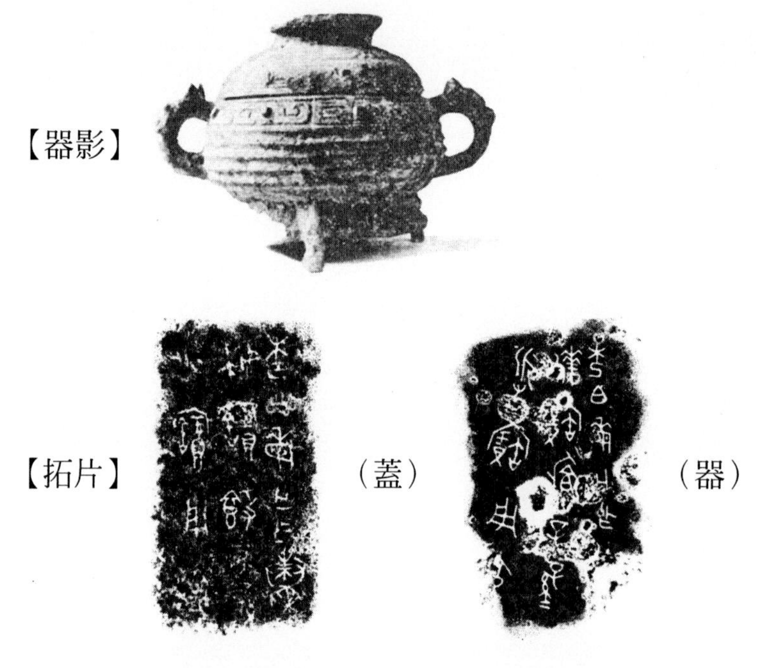

【拓片】（蓋）（器）

【釋文】杏（杞）白（伯）每亡乍（作）鼄（邾）敹（嫜）寶（寶）段（簋），子子孫孫永寶（寶）用亯（享）。

287. 郜遣簋

【時代】春秋早期。

【著錄】金索 1.47，集成 4040，大系 223.1-2，山東存郜 4.3-5.1，善齋 8.73.2-8.74.1，小校 8.20.5-4，周金 3.59.2-3，敬吾下 17，攈古 2.3.28，從古 11.26，積古 6.6，西甲 12.37，三代 8.20.3-8.21.1，窓齋 9.2〈器〉，銘文選 840，總集 2605，山東成 332-334，山東成 438（蓋摹本），山東成 439（器摹本），圖像集成 5021。

【字數】24（重文 2）。

【器影】

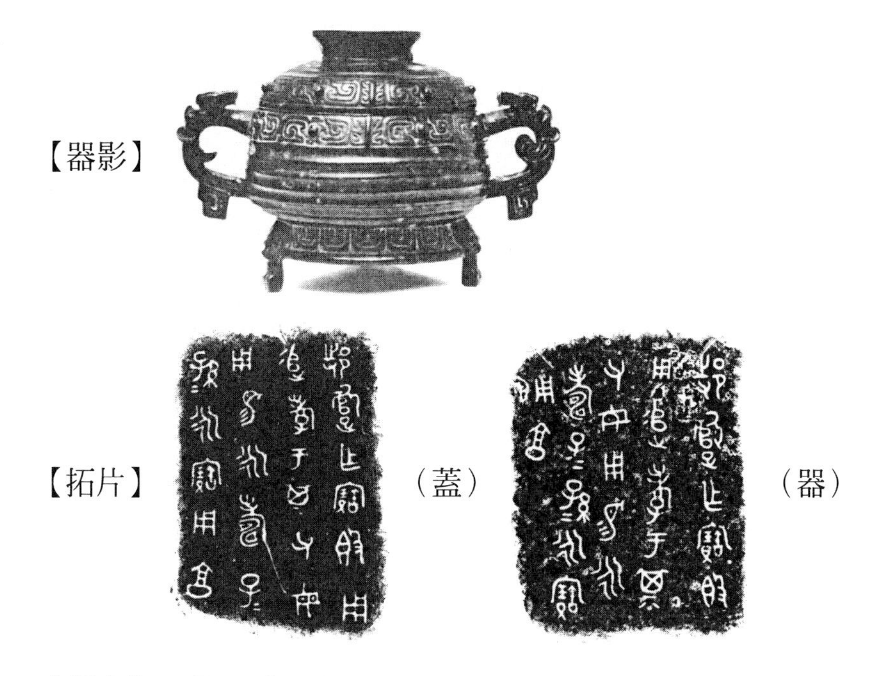

【拓片】（蓋）（器）

【釋文】郙𩰫（遣）乍（作）寶毁（簋），用追孝于其父母，用易（賜）永𦓔（壽），子子孫孫永寶用亯（享）。

288. 魯太宰原父簋（魯大宰遼父簋）

【時代】春秋早期。

【著錄】周金 3.72.2，大系 226，敬吾下 13，小校 8.5.1（誤爲敦），集成 3987，攈古 2.2.69（誤爲敦），筠清 3.22，三代 8.3.1，山東存魯 3，奇觚 16.34，銘文選 485，總集 2534，山東成 335，圖像集成 4919。

【字數】19。

【拓片】

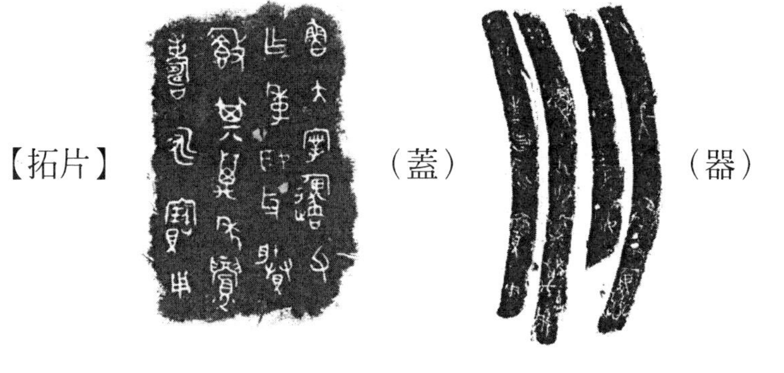

（蓋）（器）

【釋文】魯大宰遼（原）父乍（作）季欭（姬）牙賸（媵）毁（簋），其萬年覺（眉）耆（壽），永寶用。

289. 魯伯大父作孟姬姜簋

【時代】春秋早期。

【著錄】山東存魯 4，集成 3988，大系 228，寶蘊 64，攈古 2.2.71，西乙 12.32，三代 8.1.2，積古 6.10，故圖下下 180，通釋 251，綜覽·簋 403，銘文選 481，通考 331，總集 2531，山東成 338，圖像集成 4861。

【現藏】臺北故宮博物院。

【字數】19。

【器影】

【拓片】

【釋文】魯白（伯）大父乍（作）孟囗姜賸（媵）毀（簋），甘（其）萬年眚（眉）耆（壽），永寶（寶）用亯（享）。

290. 魯伯大父作仲姬俞簋（魯伯大父簋）

【時代】春秋早期。

【著錄】從古 6.41，集成 3989，大系 227，山東存魯 5，小校 8.4.2，善齋 8.68，攈古 2.2.71，三代 8.02.1，周金 3.71.3，銘文選 482，通考 141，總集 2532，圖像集成 4862，山東成 339。

【現藏】北京故宮博物院。

【字數】19。

【器影】

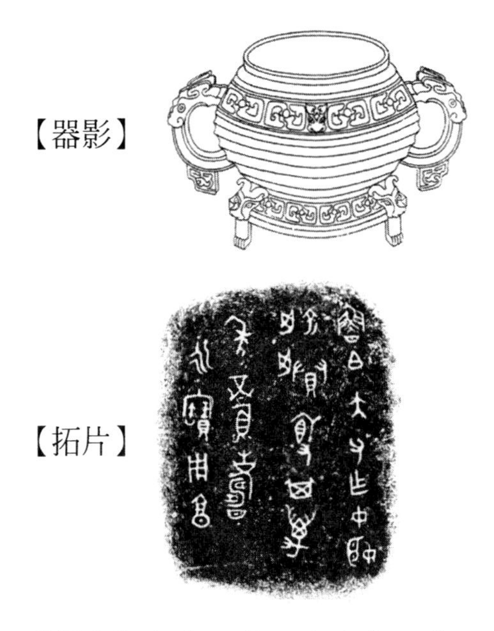

【拓片】

【釋文】魯白（伯）大父乍（作）中（仲）敀（姬）斜（俞）賸（媵）毁（簋），甘（其）萬年眉（眉）耆（壽），永寶（寶）用亯（享）。

291. 鑄叔皮父簋

【時代】春秋早期。

【著錄】三代 8.38.1，筠清 3.38，攈古 2.3.67，8，窓齋 11.20（誤爲敦），奇觚 3.26，敬吾下 1，周金 3.49，小校 8.36.4（誤爲敦），山東存鑄 5，集成 4127，總集 2666，山東成 341，鬱華 125.2。

【字數】32（重文 2）。

【拓片】

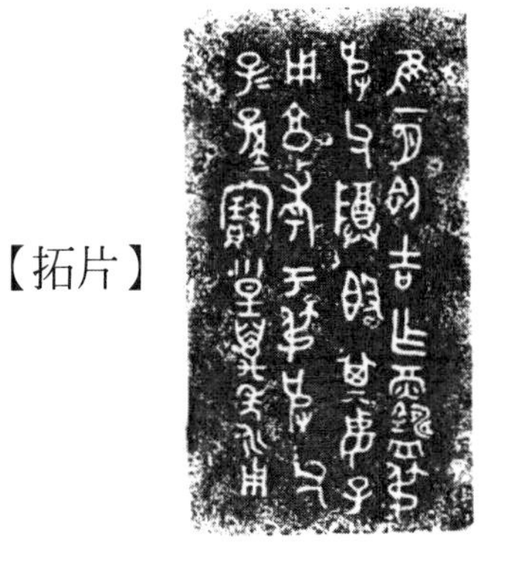

【釋文】隹（唯）二月初吉，乍（作）鑄（鑄）弔（叔）皮父隮（尊）毁（簋），其妻子用亯（享）考（孝）于弔（叔）皮父，子子孫孫寶皇萬年永用。

292. 陳侯作嘉姬簋

【時代】春秋早期。

【著錄】三代 6.47.4，西甲 6.24，積古 6.6.2，攈古 2.2.40.2，愙齋 9.6.1，小校 7.96.2，上海 65，銘文選 335，彙編 5.343，綜覽·簋 331，辭典 636，青全 6.96，夏商周 386，總集 2482，集成 3903，山東成 342。

【現藏】上海博物館。

【字數】17（重文 2）。

【拓片】

【釋文】𨻰（陳）医（侯）乍（作）嘉𡚱（姬）寶毁（簋），其邁（萬）年子子孫孫永寶用。

293. 𨟭侯少子簋（筥侯少子簋）

【時代】春秋晚期。

【著錄】三代 8.43.1，攈古 3.1.8，周金 3 補（誤爲敦），大系 188，小校 8.40.1（誤爲敦），貞圖上 36，山東存莒 2，通考 348，韡華丙 7，集成 4152，總集 2681，山東成 344，圖像集成 5149。

【字數】37（合文 1）。

【器影】

【拓片】

【釋文】隹（唯）五年正月丙午，𨞻（鄺）灰（侯）少子析、乃𦒿（孝孫）丕巨𨭈（合）趣（取）吉金，妳乍（作）皇妣𠣞君中（仲）妃（妃）祭（祭）器八㲃（簋），永保用亯（享）。

294. 陳肪簋蓋

【時代】戰國早期。

【著錄】銘文選 862，集成 4190，善齋 8.81，善彝 87，彙編 159，故圖下下 188，山東存齊 16，小校 8.42.1（誤爲敦），大系 257，周金 3.45，攈古 3.1.21（誤爲敦），三代 8.46.2，韓華丙 7，通考 346，總集 2698，山東成 345，圖像集成 5187。

【現藏】臺北故宮博物院。

【字數】43。

【器影】

【拓片】

【釋文】隹（唯）王五月，元日丁亥，昉曰：余陞（陳）中（仲）㫃孫，奎弔（叔）枳（支）子。龏（恭）寅（寅）禮（鬼）神，異（畢）龏（恭）愄（畏）忌。歔睪（擇）吉金，乍（作）丝（茲）寶毁（簋），用追孝□弔（叔）皇，毁（簋）鎗（會）。

295. 陳逆簋

【時代】戰國早期。

【著錄】總集 2632，三代 8.28.1，攈古 2.3.40，敬吾下 11，小校 8.24.2（誤爲敦），山東存齊 17，銘文選 854，韡華丙 3，大系 257，集成 4096，山東成 347，圖像集成 5066。

【字數】26。

【拓片】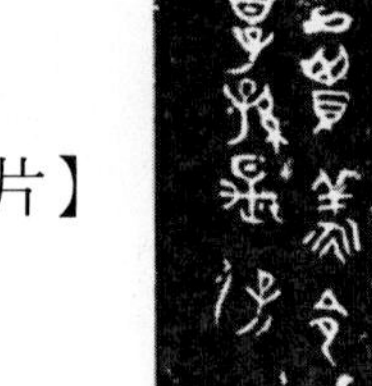

【釋文】冰月丁亥，墜（陳）氏裔孫逆乍（作）為坣（皇）禝（祖）大宗毁（簋）。台（以）貿（匄）羕（永）令（命）頄（眉）耆（壽），子孫是保。

296. 陳侯午簋

【時代】戰國早期。

【著錄】總集 2682，三代 8.42.3，西乙 12.44〈無銘〉，寶蘊 74，貞松 5.42.2，大系 260，山東存齊 19，通考 347，故圖下下 189，彙編 184，集成 4145，山東成 348-349。

【現藏】臺北故宮博物院。

【字數】36。

【拓片】

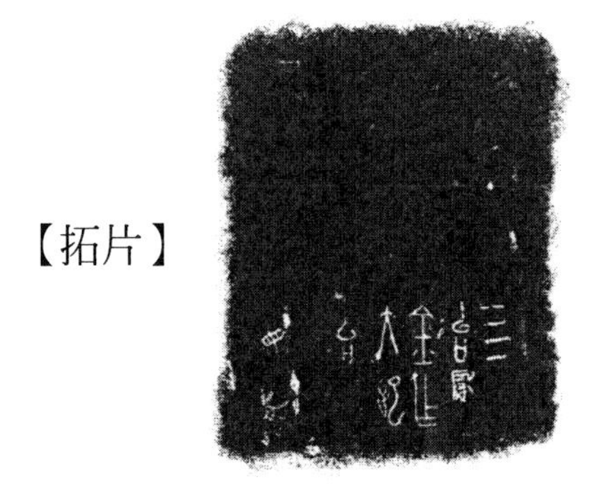

【釋文】不清。

297. 叔□孫父簋

【時代】西周晚期。

【著錄】集成 4108，博古 17.18，嘯堂 55，薛氏 128。

【字數】29（重文 2）。

【拓片】

【釋文】弔（叔）[illegible]孫父乍（作）孟姜隮（尊）毁（簋），𥨣（綰）䌛（綽）
覺（眉）耆（壽）永令（命）彌𠦪生，萬年無彊（疆），子子孫孫永𡩧（寶）用亯（享）。

298. 亞㠱吳作母辛簋

【時代】西周早期。

【著錄】集成 3689，總集 4808，三代 11.29.1-2〈誤作尊〉，殷存上 24.4，上 26.1，小校 5.21.8，5.26.5，山東成 494。

【現藏】上海博物館（器）。

【字數】9。

【拓片】

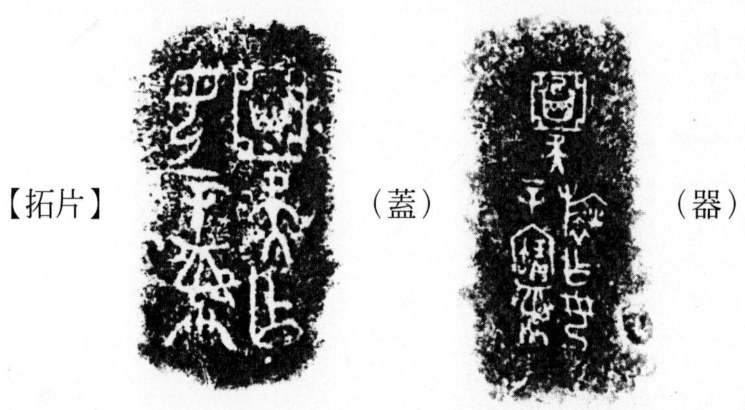

（蓋）　（器）

【釋文】亞{𠀠（其）}矦乍（作）母辛彝，亞{㠱}矦襲乍（作）女（母）辛寳（寶）彝。